Who are you

후아유

조진행 판타지 장편소설

FANTASY STORY & ADVENTURE

8

dream books
드림북스

후아유 8 (2부) 레퀴엠(REQUIEM)

초판 1쇄 인쇄 / 2013년 6월 7일
초판 1쇄 발행 / 2013년 6월 14일

지은이 / 조진행

발행인 / 오영배
책임편집 / 편집부
펴낸 곳 / (주)삼양출판사 · 드림북스

주소 / 서울특별시 강북구 솔샘로67길 92
대표 전화 / 02-980-2112 팩스 / 02-983-0660
편집부 전화 / 02-980-2116 팩스 / 02-983-8201
블로그 / blog.naver.com/dreambookss

등록번호 / 제9-00046호
등록일자 / 1999년 3월 11일

값 9,000원

ISBN 978-89-542-5088-7 (04810) / 978-89-542-4103-8 (세트)

* 지은이와 협의하에 인지는 생략합니다.
* 잘못된 책은 구입한 곳에서 바꾸어 드립니다.

이 도서의 국립중앙도서관 출판시도서목록(CIP)은 서지정보유통지원시스템 홈페이지(http://seoji.nl.go.kr)와
국가자료공동목록시스템(http://www.nl.go.kr/kolisnet)에서 이용하실 수 있습니다.
(CIP제어번호: 2013008024)

후아유

조진행 판타지 장편

FANTASY STORY & ADVENTURE

8

레퀴엠(REQUIEM)

dream books
드림북스

Who are you

후아유

8 레퀴엠(REQUIEM)

Contents

제1화

피, 영원한 생명의 양식

11월 11일 오후 5시 정각.

미국 로스엔젤레스항(港)에 한국 국적의 1만 1천 톤 급 화물선 '동부 유레카' 호가 소리 없이 입항했다.

배가 들어오자 백여 명의 남녀가 동부 유레카호를 향해 우르르 몰려들었다. 물물교환이나 구걸을 위해 목이 빠지도록 배를 기다리던 미국인들이다.

잠시 후 동부 유레카호에서 아시아인으로 보이는 이남 일녀가 걸어 나왔다. 파김치처럼 축 늘어진 그들은 박세기와 박미나 그리고 최명석이었다.

세 사람은 각양각색의 인종들로 북적이는 선착장을 힘겹게 빠져나갔다.

조금 한적한 곳에 이르자 최명석이 한숨을 내쉬었다.

"하아! 세기 형님, 여기가 그 입국하기 까다롭던 미국 맞습니까?"

"뭔 소리야? 아까 로스엔젤레스항이라고 적힌 글 봤잖아. 미국 맞아."

"그런데 세관원도 없고, 항구 경찰도 없고…… 규모만 크지 내용은 그냥 아프리카의 허름한 포구 같네요. 배도 몇 척 안 보이고."

박미나가 혀를 차며 말을 받았다.

"쯧쯧! 너도 머리가 있으면 생각을 좀 해 봐. 핵폭탄이 떨어져서 입국하기를 꺼리는 나라인데, 누가 들어온다고 나와서 지키고 있겠냐? 게다가 선장님 얘기 들어 보니까 주 방위군도 없고, 경찰도 없다던데…… 괜히 나대다가 총 맞아 죽기 십상이지."

"그런가……."

"미나 말이 맞다. 국가 조직이 허물어졌는데 공무원이라고 남아 있겠냐."

주변을 둘러보던 박미나가 근심 어린 표정으로 물었다.

"그나저나 팀장님, 선주(船主)들이 비축해 둔 석유가 떨어지면 선박도 운항을 중단할 텐데…… 그때는 어떻게 귀국할 생각이세요?”

“쩝! 그 전에 빨리 임무를 완수해야지. 그나저나 차를 구할 수 있을지 모르겠군. 어바인(Irvine)까지 왕복하려면 차가 있어야 할 텐데.”

최명석이 야릇한 미소를 지으며 말했다.

“너무 걱정하지 마십쇼. 그래도 우리가 타고 온 배는 좀 오래 운항할 겁니다.”

“무슨 소리야? 알고 있는 게 있으면 빨리 털어놔.”

박세기의 채근에 최명석이 주변을 살피며 답했다.

“제가 최 선장하고 좀 친하게 지냈잖습니까? 며칠 전 술자리에서 우리가 한국으로 돌아갈 때까지 운항을 할 수 있겠냐고 물은 적이 있습니다.”

“근데? 걱정하지 말래?”

박세기는 금방 시큰둥한 얼굴이다. 최명석이 또 시답지 않은 소리를 한다고 생각한 모양이다.

최명석의 얼굴에 떠오른 미소가 더 짙어졌다.

“형님, 동부 유레카호가 어떤 장사를 하고 있는지 모르시죠?”

“농수산물 파는 거 같던데.”

“그건 한국에서 가져온 거고요.”

“응?”

뒤늦게 박세기의 눈이 번득였다.

아차! 이런 시대에 한가하게 고작 농수산물 거래를 위해 태평양을 건넌다고 생각했다니!

"한국에서 가져올 건 뻔한데, 미국에서는 뭘 실어 가는 거지? 설마 마약?"

"쯧! 형님 요즘 진짜 촉이 많이 둔해지셨다."

"뭔데 인마."

"명석 씨, 뜸 들이지 말고 빨리 말해. 너무 비싸게 군다."

"아, 예, 예. 말씀드리겠습니다. 지금 한국에서 가장 필요로 하는 건 총과 실탄이죠. 미국의 마피아가 원하는 건 신선한 식료품입니다. 방사능 오염의 위험이 덜한 아시아, 그것도 한국의 식료품은 인기 만점이죠."

박세기가 알아들었다는 듯 고개를 끄덕였다.

"그러니까, 식료품으로 총과 탄약을 물물교환한다는 거냐?"

"예, 그렇게 들었습니다."

"그럼, 마약은 덤이겠군."

"하하! 형님은 마약을 포기하지 않으시네요?"

"인마, 마피아 하면 마약 아니냐? 총만큼이나 넘쳐나는 게 마약일 텐데 그걸 되팔지 않을 리가 없지. 그렇지 않아도 요즘 한국에 러시아의 마약이 엄청 돌아다닌다고 하던데. 최 선장 같은 사람이 미국의 마약까지 실어 나르면 골치 아프다.”

“뭐, 어쨌든 최 선장의 말로는 총과 실탄이 최고 인기 품목이라고 하더라고요. 여하튼 그런 이유로 로스엔젤레스항에서 마피아가 기름을 조금 제공하는 것 같더라고요. 한국과 미국 양쪽에서 지원해 주고 있으니까 당분간은 어려움이 없지 않겠습니까?”

“흠, 마피아 이름은 알아?”

“그것까지는 가르쳐 주지 않던데요.”

“수고했다. 그 정도만 해도 대단한 거다. 화물선으로 마피아와 총기 거래를 하고 있었다니…….”

박세기가 착잡한 시선으로 동부 유레카호를 바라보았다.

그러고 보니 선원 대부분이 총을 소지하고 있었다. 농수산물의 보호를 위한 것치고는 과하다고 생각했는데, 이제는 알 것도 같다.

‘상대가 마피아라니…….’

기분이 좀 씁쓸하지만 신경 쓰고 싶지 않았다.

동부 유레카호가 총을 들여오건 미사일을 들여오건 그게 중요한 게 아니다. 태평양을 다시 건널 확률이 높아진 것만으로도 대만족이다.

“하하! 제가 마지막 현장요원 아닙니까!”

“아이고, 입만 열면 그놈의 마지막 현장요원 소리…….”

박미나가 질린다는 듯 머리를 설레설레 흔들었다.

"인정할 건 인정합시다."

"아, 네에, 인정, 인정."

"두 사람 모두 그만."

말과 함께 박세기가 앞으로 성큼성큼 걸어 나갔다.

최명석과 박미나가 오리새끼들처럼 그 뒤를 졸졸 따라붙었다.

*　　　*　　　*

박세기는 길가에 버려진 차 중에 하나를 골라 어바인으로 가려고 했다. 하지만 무려 5시간 동안 차를 뒤진 끝에 얻은 결론은 그게 불가능하다는 것이었다. 버려진 차는 많았다. 그러나 하나같이 기름통은 비어 있었다. 누군가 이미 다 털어 간 것이다.

결국 박세기는 초저녁 무렵 지나가던 픽업트럭의 앞을 막아서는 초강수를 두어야 했다.

차를 세운 멕시코인 운전수는 망설이지 않고 산탄총을 겨누었다.

그 긴박한 순간 박미나가 참치 통조림 3개를 꺼내 흔들지 않았다면 한바탕 총격전을 피하기 어려웠을 것이다.

참치 통조림 3개의 위력은 컸다.

세 사람은 화물 적재함에 앉아서 어바인 인근까지 갈 수 있었다.

헤어질 때 멕시코인 운전수 피터(Peter)는 창문 밖으로 손을 격하게 흔들어 인사를 보냈다.

"아디오스(adios)!"

썩어 가는 픽업트럭은 요란한 엔진음을 토해 내며 석양 속으로 사라져 갔다.

사막 위에 남겨진 세 사람은 잠시 멍한 표정이다.

제일 먼저 입을 연 사람은 박미나다.

"여기가 어바인이라고?"

영화에서 보던 사하라의 사막보다 더 지독한 사막이 눈앞에 펼쳐져 있었다.

황당하기는 최명석도 마찬가지다.

한국인에게 조기 유학의 도시로 유명한 어바인은 없었다. 쉬지 않고 몰아치는 황사 사이로 보이는 것은 황폐한 사막이었다.

박세기 일행은 흙에 절반쯤 파묻힌 건물에서 하룻밤 노숙을 해야 했다.

이리저리 뒤척이던 세 사람은 날이 밝자마자 주변을 이 잡듯 뒤졌다.

그리고 마침내 정오 무렵, 운 좋게 찌그러진 도로 표지판을 발견할 수 있었다. 어바인 근처라던 피터의 말은 거짓이 아니었다.

"마일은 거리감이 없네. 2마일이면 몇 킬로미터죠?"

박미나의 물음에 최명석이 재빨리 답했다.

"1마일이 대략 1.6킬로미터니까 3.2킬로미터 정도 되겠네요."

"거의 다 온 거네요?"

"본격적인 문제는 이제 시작이라고 할 수 있죠. 도시가 이 정도로 폐허가 됐다면 사람 찾기가 쉽지 않을 겁니다."

박세기가 고개를 저었다.

"아니, 그렇지만도 않을 거다. 남아 있는 사람의 숫자가 그리 많지 않을 테니…… 아직 어바인에 있다면 오히려 찾기 쉬울 거다."

"아직 어바인에 살고 있겠습니까? 이건 거의 지옥인데요."

"피터 같은 사람도 살고 있지 않나."

박세기의 말에 최명석은 떨떠름한 얼굴로 고개를 끄덕였다.

아닌 게 아니라 피터 같은 사람은 이 와중에 픽업트럭까지 몰고 다녔다. 결국 적응의 문제일 뿐인지도 모른다.

마침내 어바인에 도착한 세 사람은 사람들을 찾아 헤맸다.

하지만 날이 저물도록 돌아다녔지만 한국 사람은 만나지 못했다. 한국 사람인 줄 알고 가 보면 대부분 중국 사람이었다.

게다가 운까지 따라 주지 않아 만난 아시아인 대부분은 어바인 사람들이 아니었다. 그들은 어바인을 지나가던 생존자들에 불과했다.

슬금슬금 땅거미가 지기 시작하자 세 사람의 얼굴은 절망으로 물들어 갔다.

"팀장님, 이제 어떡하죠?"

박미나의 질문에 박세기는 딱히 할 말이 없었다.

"음, 명석아, 식량은 얼마나 남았냐?"

"열흘치 정도요? 문제는 식수입니다. 정화 필터를 가지고 있기는 하지만 기본적으로 정화시킬 물이 있어야 합니다. 그런데 어젯밤부터 물 구경을 못 했잖습니까? 내일도 물을 구하지 못하면 강 선생님 가족보다 우리가 먼저 죽을 판입니다."

"물은…… 사람들 따라가면 구할 수 있을 텐데…… 문제는……."

박세기가 말끝을 흐렸다.

문제는 물을 구하러 다니게 되면 본연의 임무와는 멀어지게 된다는 점이다. 미국의 사정이 이 정도라고는 상상도 하지 못했다.

'쯧! 실수다. 눈으로 뒤덮인 한국에서의 생활 때문에 물을 신경 쓰지 못했다.'

하지만 조금 더 생각해 보면 그건 실수도 아니다. 어차피 안다고 해서 대비할 수 있는 문제가 아닌 까닭이다.

"형님, 동부 유레카호의 출항일을 생각하면…… 우리에게 남은 시간이 많지 않습니다. 좀 더 효율적으로 움직이기로 하죠."

"효율적?"

"두 사람은 사람을 찾고, 한 사람은 물을 구해 오는 겁니다."

"흠! 나쁘지 않은 생각이다."

"저도 그게 좋은 것 같아요."

박미나까지 동의하자 잠시 생각하던 박세기가 짧게 말했다.

"내가 물 당번을 하고, 강 선생 가족을 찾는 일은 명석이와 미나가 맡기로 하자. 괜히 몰려다니는 것보다 그게 나을 것 같다."

"예."

"알겠어요."

최명석과 박미나는 군말 없이 고개를 끄덕였다. 사실 강유진 가족의 얼굴을 아는 사람은 최명석뿐인지라 다른 방법도 없었다.

사막의 밤은 춥다.

세 사람은 벽난로의 굴뚝이 보이는 빈집 하나를 찾아 들어갔다.

그리고 눈에 띄는 목재 가구를 부숴 벽난로에 집어넣었다. 불쏘시개로 사용하기 위해 두툼한 책도 몇 권 찢었다. 불법에 문명 파괴 행위지만 핵전쟁 이후에는 생활의 지혜일 뿐이다. 그날 밤 세 사람은 모처럼 숙면을 취할 수 있었다.

아침식사로 통조림 하나를 비운 박세기가 빈 통을 벽난로 안으로 던지며 중얼거렸다.

"좋은 가구 같던데. 집주인에게 미안하네."

최명석이 빈 통을 따라 던지며 "하하!" 웃었다.

"형님, 우리가 장작으로 사용한 건 이케아입니다. 저건 명품 축에 들지도 못해요. 그냥 미국식으로 튼튼하게 잘 만든 가구일 뿐이죠."

"……."

박세기는 피식 웃기만 했다.

"에구! 이 철면피 아저씨야. 집주인 허락도 없이 들어와서 물건을 때려 부수고 태웠으면 팀장님처럼 미안한 척이라도 좀 해 봐. 누가 오렌지족 아니었다고 할까 봐 아침부터 명품 타령은……."

"누, 누가 오렌지족이래요?"

"어이구, 작년에 차장님이 미국으로 출장 겸 휴가를 가라고 하니까 '휴가는 스위스로 가야 해요' 라면서 징징댄 사람이 누구셔? 세상이 쫄딱 망해서 이젠 명품 타령을 하고 싶어도 못 할 텐데, 아쉬워 어쩌나?"

"저기, 말씀 중에 죄송한데, 그래도 아직 이 시계로 말씀드리자면……."

최명석이 소매를 걷어 올렸다.

"가자. 시간 없다."

박세기가 몸을 돌려 밖으로 걸어 나갔다.

"흥! 메롱이다."

박미나가 혀를 쏙 내밀어 보인 후 재빨리 박세기의 뒤를 따라붙었다.

최명석이 급히 자리에서 일어나 소리쳤다.

"그런데 박미나 씨는 그쪽이 아니라 이쪽인데요?"

"빨리 나오기나 하셔."

"아, 예에~ 갑니다. 가요."

막 떠나려던 최명석의 눈에 헝클어진 응접실과 재만 남은 벽난로가 보였다.

누군가 열심히 손질하며 오순도순 살았을 보금자리다.

하지만 지금 이 자리에 서 있는 사람은, 집주인과 친분은커녕 얼굴조차 본 적이 없는 이방인이다.

그런 생각을 하니 마음이 휑해진다.

'미국의 종말인가?'

아니, 어쩌면 이런 모습이야말로 인류 문명의 마지막인지도 모른다.

최명석은 차갑게 식어 가는 벽난로 앞에서 잠시 묵념을 했다.

*　　　*　　　*

어바인에 도착한 지 사흘째 되던 날의 일이다.

그날도 굶주린 하이에나처럼 도시의 잔해를 뒤지고 다니던 최명석과 박미나는 허물어진 병원 앞에서 한 흑인 여자와 마주쳤다.

박미나가 어색하게 웃으며 손을 흔들었다.

순간 여자의 입에서 또랑또랑한 한국말이 튀어나왔다.

"안녕하세요?"

예상치 못한 상황에 놀란 박미나가 여자에게 되물었다.

"한국말 아세요?"

하지만 애석하게도 흑인 여자는 더 이상 답을 하지 못했다. 그녀가 아는 한국말은 "안녕하세요?"와 "안녕히 가세요."가 전부였던 것이다.

예의상 오가는 짧은 인사가 끝날 무렵이다.

세 사람의 사연을 들은 흑인 여자, 제인(Jane)이 친절한 미소를 지으며 말했다.

"한국인을 찾는 거라면 우드스톤 초등학교로 가 보세요."

순간 박세기 일행은 뜻밖의 소식에 놀라 입을 쩍 벌리고 말았다. 백사장을 거닐다가 다이아 반지라도 주운 기분이었다.

세 사람은 정중히 허리를 숙여 고마움을 표시했다.

그리고 제인이 알려 준 방향으로 달려갔다. 남은 시간도 많지 않았지만, 강유진의 가족이 거기에 있을지 너무 궁금했던 것이다.

우드스톤 초등학교에 도착한 최명석은 일단 여자아이들부터 조사했다. 강하연을 찾으려는 생각에서다.

하지만 세 명의 여자아이들 가운데 강하연은 없었다.

한숨을 내쉬고 있는 최명석에게 한 여자가 다가갔다.

"한국 사람이시죠? 사람을 찾으시나 봐요?"

"네. 꼭 만나야 할 사람이 있어서 한국에서 왔는데…… 어렵네요."

박미나가 대신 답하며 씁쓰름하게 웃어 보였다.

"와우! 정말 한국에서 오셨어요? 두 달쯤 전에도 가족을 찾으러 온 사람이 있었는데…… 어바인에 있는 한국 사람은 모두 여기 있어요. 누굴 찾으시는 건데요?"

"여자아이 이름은 강하연이고, 아이 엄마의 이름은 김소연이라고 해요. 혹시 아세요?"

"어머! 전에 온 사람들도 그 두 사람을 찾아다녔는데…… 아직 못 찾았나 보네요?"

"네에? 누가 그 두 사람을 찾아왔었다고요?"

"네, 하연이 아빠라는 분이 찾으러 왔었어요."

"……."

박미나가 동그랗게 치뜬 눈으로 최명석을 돌아보았다.

'강유진이 두 달 전에 다녀갔다니?'

솔직히 믿을 수가 없었다.

"명석 씨, 들었어? 강 선생님이 여길 왔다가 갔다는데?"

"헐! 저도 들었습니다만 믿어지지가 않네요. 아주머니, 정말 하연이 아빠라는 남자가 여길 왔었어요?"

이 아줌마야! 유진 형은 그즈음 유럽에 있었다!

최명석은 의심이 가득한 눈초리로 여자를 쏘아보았다.

조금의 빈틈이라도 보인다면 물고 늘어질 기세였다.

"네, 분명히 하연이 아빠라고 했어요. 제가 소연 씨와 그 딸을 잘 알거든요."

박한나는 두어 달 전 하연이 아빠라는 남자가 주고 간 초코바를 떠올리며 있지도 않은 친분을 과시했다. '혹시라도 새로운 방문자들이 자신에게 자비를 베풀어 주지 않을까?' 하는 기대에서다. 지금 같은 세상에 누군가를 찾아다니고 있다는 것은 그만큼의 여유가 있다는 뜻이 아닌가!

"그래서 어떻게 됐나요? 무슨 일이 있었는지 자세히 말씀해 주십쇼."

조사관 같은 남자의 태도에 박한나는 조금 당황했다.

하지만 애써 담담한 표정으로 그때의 기억을 되살렸다. 애쓴 만큼 보답이 있기를 바라는 마음으로 말이다.

"그러니까, 해가 막 질 무렵에 남자 둘과 여자 둘이 이곳을 찾아왔었어요. 그때는 지금보다 열 가정 정도 더 많았는데…… 어쨌든 그분들은 소연 씨와 그녀의 딸인 하연이를 찾으러 다니는 중이었어요."

"남자 둘과 여자 둘요?"

"네, 남자들은 다들 잘생기셨고, 여자들도 미녀시더라고요. 옷차림도 깨끗했어요. 그래서 더 눈에 띄었죠."

최명석의 표정이 풀어졌다.

미남미녀 소리를 듣는 사람이 누구일지 짐작이 갔다. 틀림없이 강유진과 혁명군 장교 안상혁, 그리고 임지연 박사와 김미연일 것이다.

박미나도 그런 생각을 했는지 나직이 말했다.

"강 선생님이 유럽에서의 일을 끝내고 왔었나 보네요."

"그러게요."

두 사람의 눈치를 살피던 박한나가 조심스럽게 말을 이었다.

"그런데 하연이 아빠가 찾아오기 한 달쯤 전에…… 소연 씨가 하연이를 데리고 남쪽으로 내려갔어요. 남쪽으로 가는 사람들의 대부분은 크리스털 코브 주립 공원(Crystal Cove State Park)이나 엘 모로 캐년(El Moro Canyon)으로 갔고요. 하연이 아빠에게 그 이야기를 해 줬더니 바로 찾아가 보겠다고 하시더라고요."

"크리스털 코브 주립 공원과 엘 모로 캐년요?"

최명석이 확인차 다시 물었다.

박한나가 틀림없다는 얼굴로 고개를 끄덕였다.

"네, 모두 그리로 갔을 거예요."

"감사합니다. 큰 도움이 됐습니다."

최명석은 정중하게 인사를 하고, 즉시 돌아섰다. 식량도 떨어져 가는 상황인자라 마음이 급했던 것이다.

순간 박한나의 얼굴에 구름이 드리워졌다.

그때 박미나가 가방에서 통조림 하나를 꺼내 박한나의 손에 쥐여 주었다.

"감사해요. 더 드리고 싶지만 저희도 넉넉지가 않네요."

"어머, 아니에요, 제가 오히려 감사해요. 이건 정말…… 저에게는 너무 크고 소중한 선물이에요."

박한나가 한 뼘이 조금 넘는 통조림을 두 손으로 감싸 안았다.

이건 초코바에 비할 바가 아니다. 초코바가 한 사람의 한 끼 식사대용이라면, 통조림은 한 가족의 한 끼 영양식이었다.

*　　*　　*

이튿날, 박세기 일행은 엘 모로 캐년의 초입에 도착할 수 있었다.

로스엔젤레스항으로 돌아가야 하는 날이 코앞으로 다가왔지만 누구도 먼저 "돌아가자."고 말하지 않았다. 세 사람 모두 이 이야기가 어떻게 끝나는지 확인하고 싶어 했다.

박세기 일행을 맞이한 것은 하나의 거대한 현수막이다.

하얀 현수막에는 영어와 스페인어로 '영원한 생명의 비밀을 알고 싶습니까?' 라는 글이 적혀 있었다.

현수막의 하단부에 적혀 있는 작은 글자를 읽던 최명석이 고개를 갸웃거렸다.

"선교 단체에서 하는 줄 알았는데…… 교회가 아닌가 보네? 형님, 세계불멸협회(World Immotal Association)라는 단체에 대해 들어 보셨어요?"

"영생에 관계된 모임인가? 몰라. 난 종교에 관심 없다."

박세기는 길게 이야기하고 싶지 않은 얼굴이다. 정치와 종교 문제에 관한 한 박세기는 유럽인들과 같은 생각을 가지고 있었다.

대신 자칭 '신기(神氣)가 있다.' 는 박미나가 끼어들었다.

"저 말은 영생의 비밀을 알려 준다는 거잖아요? 그렇다면 기독교에서 갈라져 나온 사람들 아니겠어요? 영생이라는 말은 주로 교회 쪽에서 사용하고 있잖아요? 핵전쟁의 여파로 종말 사상이 널리 퍼졌으니까 새로운 교파라도 만들었나 보죠."

하지만 최명석은 박미나의 말에 동의하지 않았다.

"그건 아니라고 봅니다. 기독교 쪽에서 나온 분파라면 분명히 세계불멸협회가 아니라 교회(Church)라는 말을 썼을 겁니다."

"에이, 그건 아니다. 명석 씨, 요즘 누가 대놓고 교회라고 그래? 일반인들이 저항감을 못 느끼도록 최대한 종교색을 빼놓고 가잖아. 예전에 서울의 어떤 교회는 결혼 정보 업체처럼 남녀 신도들의 사진으로 홍보한 적도 있구만. 특히나 정통 교리에서 벗어난 교파들은 더 그렇던데."

"그래도 최소한 교회라는 이름은 내걸었잖아요? 저 현수막을 보십쇼. 세계불멸협회라니. 저 사람들이 기독교 분파가 아닐 거라는데 제 왼쪽 손모가지를 걸겠습니다."

"어머, 유치해. 아직도 저런 대사를 치는 사람이 있네."

"아니, 조상님. 제가 달을 가리키면 달을 봐야지 왜 손가락을 보고 시비세요?"

"어머머! 모야? 누구 보고 조상님이래? 나이 차이가 얼마나 난다고?"

박미나와 최명석이 다투자 박세기가 끼어들었다.

"그만들 하지. 교회면 어떻고 신흥종파면 어때? 우리가 저기에 참가할 것도 아니잖아. 두 사람 모두 잊은 모양인데 우리가 여기까지 온 건 강 선생의 가족을 찾기 위해서라고. 물론 우리보다 강 선생이 한 발 앞서 간 것 같긴 하지만 말이야."

박세기의 말에 두 사람도 어깨를 으쓱해 보인 후 입을 다물었다. 박세기의 말마따나 '신흥종파' 건 '교회' 건 그들과 관계없는 문제였다.

잠시 세 사람이 말없이 서 있을 때다.

사십 대로 보이는 남자가 빠르게 다가와 폭풍처럼 말을 걸었다.

갑작스럽게 밀려오는 낯선 중국말에 세 사람은 당혹스러운 표정으로 서로를 바라보았다.

다행히 현장요원으로 활동하던 시기에 중국어 학원을 다녔던 박세기가 상대의 말속에서 짜이(在)와 쭝구워(中國)를 알아듣고는 영어로 짧게 답했다.

"We are Korean(우리는 한국인이다)."

뜻밖에도 그 한마디 말로 상황은 종결됐다.

상대의 말을 알아들었건, 못 알아들었건 그 대답이야말로 시기적절한 것이었다.

"……."

중국 남자가 어색하게 웃으며 전단지 한 장을 내밀었다.

미국에 살고 있으면서 정작 영어는 모르는지 남자는 더 이상 말을 하지 않았다.

그는 머뭇거리고 있는 박세기의 손에 전단지를 쥐어 준 뒤, 작별 인사로 손을 흔들어 보인 후, 왔던 길을 돌아갔다.

남자가 저만치 멀어지자 굳어 있던 최명석의 입이 마치 전자레인지에서 해동을 마친 냉동육처럼 풀렸다.

"짜이찌엔(안녕)……."

순간 박미나의 입꼬리가 살짝 올라갔다.

"들리지도 않아요. 앞에 있을 때 말 좀 해 보시지. 저 중국 아저씨가 말 걸까 봐 무서웠나 봐?"

"조상님도 석화(石化) 마법에 걸린 거 다 봤거든요."

"헛! 이 아저씨 봐, 끝까지 조상님이래."

박미나와 최명석의 다툼이 재점화되려 하자 박세기가 경고했다.

"좋게 말할 때 그만들 해라. 둘 다 미국에 뼈를 묻고 싶나!"

박미나와 최명석이 찔끔 놀란 얼굴로 입을 닫았다.

국정원 교관 출신인 박세기의 카리스마는 핵전쟁 이후에도 여전했다.

두 사람이 잠잠해지자 박세기는 중국인이 주고 간 전단지를 들어 올렸다.

Eternal life on earth[지상에서의 영원한 삶]

첫 문장을 확인한 박세기는 미련 없이 전단지의 하단부로 시선을 내렸다.

그곳에는 세계불멸협회(世界不滅協會)라는 글자가 영어, 스페인어, 한자로 선명하게 찍혀 있었다.

박세기가 더 이상 흥미 없다는 듯 전단지를 최명석에게 건넸다.

전단지를 받아 읽던 최명석이 무심코 중얼거렸다.

"역시 중국 사람이 많은가 봐. 여기에는 한자 설명도 달려 있네."

"사람 하면 중국 아니냐."

"그런데 생각보다 능력 있는 모임인가 본데요? 이 와중에 전단지까지 제작해서 살포하다니…… 일단 먹고살 걱정은 없다는 건가? 부럽다."

"줘 봐요."

박미나가 손을 내밀었다.

종교를 떠나서 핵전쟁 이후에 처음으로 접하게 된 소식지인지라 내용이 궁금했다.

최명석은 지체하지 않고 박미나에게 전단지를 넘겼다.

전단지를 읽던 박미나가 재미있다는 듯 중얼거렸다.

"오늘 밤에 엘 모로 캐년에서 아시아 지역 진출을 위한 대중 집회를 연다네요? 위치를 보니까 바로 이 자리인가 본데…… 아! 그래서 현수막이 걸려 있었구나!"

"형님, 뭔가 구린 냄새가 납니다."

"쓸데없는 소리 하지 마라. 그리고 냄새는 우리 몸에서 나는 거야. 한국을 떠난 이후로 세수 한 번 못 해 봤잖아. 말할 때마다 너 입 냄새 장난 아니다."

"아, 형님 그게 아니라요!"

최명석이 답답하다는 듯 가슴을 쳤다.

웬일인지 이번에는 박미나가 최명석을 거들었다.

"팀장님, 아시아 지역 진출을 위한 거라니까 구경이라도 해 두는 게 어떨까요? 아시아를 목표로 하는 것 같은데, 그럼 조만간 한국에 상륙할 수도 있잖아요. 미리 알아 둬서 나쁠 건 없지 않나요? 광신도보다 무서운 건 없던데."

"맞습니다. 집회 시간이 저녁 9시부터입니다. 어차피 그 시간이면 사람을 찾으러 다닐 수도 없습니다. 집회에 사람이 많이 모일 테니, 차라리 거길 한 바퀴 둘러보는 게 더 좋지 않겠습니까?"

박세기가 혀를 차며 두 사람을 번갈아 바라보았다.

"쯧쯧! 호기심이 왕성한 거 보니까 둘 다 아직 청춘이구먼. 옥신각신하다가도 그런 일에는 마음이 잘 맞나 봐? 좋아, 어차피 이 근방에서 노숙을 해야 할 것 같으니까 그러자고. 단, 집회 도중에 사고 칠 생각은 꿈도 꾸지 마라. 여긴 미국이야. 우리만 무장을 하고 있는 건 아니라는 말이다. 알겠나?"

"예."

"당연하죠."

박미나와 최명석은 박세기의 말에 토를 달지 않았다. 그들도 미국이 한국보다 위험한 곳이라는 것 정도는 알고 있었다.

* * *

세계불멸협회는 시간 약속을 잘 지키는 미국 사람들답게 정시에 시작됐다.

인종 박물관에라도 온 것처럼 백인과 흑인, 그리고 황인들이 넓은 공터를 가득 메웠다.

최명석은 삼백 명이 넘어가자 숫자 세기를 포기했다. 사람들이 이리저리 움직여 힘들기도 했지만 쓸모없는 행동이라고 생각한 때문이다.

근 1시간 가까이 이동식 스피커를 통해 '내 영혼의 닭고기 스프' 에나 나옴 직한 아름다운 인생의 체험들이 쏟아져 나왔다.

생존한 캘리포니아의 저명한 인사들이 돌아가며 한 차례씩 간증을 했고, 그럴 때마다 사방에서 박수가 터져 나왔다.

10시가 넘어가자 최명석의 심장이 두근거리기 시작했다.

뭔가 있다. 계속된 미사여구(美辭麗句)의 뒤편에서 뭔가 음울한 것이 기지개를 켜는 느낌이다. 상상만으로도 심장이 벌렁거렸다.

미국인 특유의 속사포처럼 빠른 말에 놓치는 단어도 적지 않았다. 그래도 연사(演士)들이 꾸준히 반복하는 말이 있었다. 그것은 '비밀', '우주의 신비', '영원한 생명', 그리고 '희생' 과 같은 단어들이다.

그리고 언제부터인가 사람들은 '희생' 을 주제로 말하기 시작했다.

고결한 희생과 영원한 생명.

얼핏 생각하면 기독교적인 내용 같다. 그러나 누구도 하나님이나 예수님의 이름을 입에 올리지 않았다. 심지어 인용구로 성경을 말하는 사람도 없었다.

"괜히 왔나. 졸리네. 명석 씨, 강 선생님 가족은 보여?"

지루함에 몸을 비틀던 박미나가 옆에서 말을 걸어왔다.

"두세 번 살펴봤는데 안 보이네요. 여기 없는 것 같아요. 유진 형이 여기 왔었다고 가정하면 없는 게 당연한지도 모르죠."

"아! 위성전화 됐으면 좋겠다. 한국에다 전화해서 물어보면 금방 알 수 있었을 텐데……."

박세기가 박미나의 허리를 쿡 찔렀다.

"하나 마나 한 소리를 왜 해? 한국에도 넘어올 것 같은 무서운 광신도라며? 잘 연구해 둬."

"하아~ 팀장님, 저는 그냥 가서 자면 안 돼요?"

더는 못 견디겠는지 박미나가 대놓고 하품을 했다.

"안 돼. 끝까지 잘 봐."

"아아, 밉다."

"누가?"

"제가요."

"알면 됐어. 조용히 있어. 그렇지 않아도 귀에 잘 안 들어오는데 방해하지 말고."

"아, 네에……."

한순간 연설자의 음성이 낮게 가라앉았다.

핵전쟁 전에 하원 의원이었다는 오십 대 백인 남자가 의미심장한 미소로 청중들을 둘러보았다.

"그렇습니다. 피야말로 영생을 위한 양식입니다. 일찍이 성경도 '피 속에 생명이 있다' 고 했습니다. 불멸의 비밀은 바로 이 피에 있는 것입니다."

최명석은 슬쩍 손목시계를 내려다보았다.

저녁 10시 30분.

정체를 알 수 없는 종교 행사에서 1시간 30분 만에 처음으로 성경이 인용구로 등장했다.

그것이 전부였다.

그 뒤로 누구도 성경을 입에 올리지 않았다.

최명석은 자기가 전혀 새로운 종교를 보고 있다는 것을 깨달았다.

마지막 연설이 끝난 것은 11시 정각이었다.

무려 2시간 동안 쉬지 않고 세계불멸협회와 관계된 사람들이 나와서 연설을 했다. 사이사이에 가수들이 나와서 노래를 불렀지만 그건 어디까지나 매끄러운 진행을 위한 것이었다. 세계불멸협회의 사람들은 거의 대부분의 시간을 간증으로 보내고 있었다.

11시가 되자 마이클 잭슨의 "You are not alone"이 흘러나왔다.

깊은 밤 감미로운 음악에 최명석이 잠시 취해 있을 때다.

행사 진행 요원으로 보이는 남자들이 황소 한 마리를 끌고 나왔다.

곧이어 하얀 옷을 입은 여자 셋이 등장했다. 아름다운 여자들의 손에는 예외 없이 하얀 양동이가 들려 있었다.

'뭐지?'

쓰나미처럼 밀려오는 영어에 지쳐 있던 최명석은 멍한 얼굴로 연단을 바라보았다.

세 명의 남자들이 황소를 잡아 눌렀다.

신기하게도 황소는 저항하지 못하고 천천히 주저앉았다.

다음 순간 남자들이 허리춤에서 날선 칼을 꺼내 들었다.

그리고 망설임 없이 칼을 황소의 목과 몸통에 꽂았다.

"헉!"

뜻밖의 광경에 최명석의 입에서 신음이 흘러나왔다.

뒤쪽 어딘가에서 "악!" 하는 여자의 짧은 비명이 들려왔다.

그녀 역시 처음 접하는 광경에 놀란 것 같았다.

그러나 모여든 대부분의 사람들은 동요하지 않았다. 이런 일이 벌어질 줄 알았다는 뜻이리라.

칼에 맞은 소가 "움머어~"라고 고통스럽게 울부짖었다.

그러나 놀랍게도 소는 칼에 찔렸음에도 불구하고 발버둥 치지 않았다.

최명석은 주최 측에서 미리 마취약을 사용했을 거라고 생각했다. 고작 남자 셋의 힘으로 황소를 찍어 누르고 있을 수 없기 때문이다.

흰 옷을 입은 여자들이 양동이를 황소의 몸에 들이대 콸콸 쏟아지는 피를 받았다.

남자와 여자들의 눈처럼 하얀 옷에 피가 튀었다.

청중들은 침묵했다.

…….

최명석은 숨소리마저 죽이고 집중했다.

황소를 끌고 나와서 죽이기까지 일련의 과정은 간결하고 물이 흐르듯 자연스러웠다. 분명히 피가 튀는 도축(屠畜)의 현장이었건만 괴이할지언정 잔혹스럽다는 생각은 들지 않았다.

소가 발버둥 치지 않아서 그랬을 수도 있고, 부드럽게 흐르는 R&B(rhythm-and-blues) 음악의 선율이 그런 분위기를 연출했는지도 모른다. 어쨌든 황소의 숨넘어가는 울음소리를 빼면, 마치 한편의 잔혹 뮤지컬을 보고 있는 듯한 느낌이다.

잠이 달아난 박미나는 상체를 꼿꼿이 세웠다.

광신도들의 이해할 수 없는 짓이 눈앞에서 벌어지고 있었다.

정말 피를 먹음으로써 영생할 수 있다고 믿는 것일까?

단지 상징적인 제물이 필요했던 것은 아닐까?

어느 쪽이든지 박미나에게는 충격이었다.

경험이 많은 박세기마저도 일찍이 경험해 보지 못한 광경인지라 시선을 떼지 못했다.

아무리 핵전쟁으로 망했다고 해도 미국에서 이런 식으로 도살을 하다니!

어디선가 웅성거리는 소리가 들려왔다.

박세기는 뒤쪽을 힐끔 돌아보았다.

손으로 입을 살짝 가리고 "Oh, My gosh!(세상에!)"를 연발하는 사람들이 보인다. 세계불멸협회의 행사에 처음 참석한 사람들이리라.

하지만 그런 사람은 극소수였다.

대부분의 사람들은 기대 어린 표정으로 정면을 응시하고 있었다.

피가 준비되자 사회자가 마이크를 잡았다.

음악이 멎었다.

밤 11시.

사막의 차가운 바람이 계곡을 쓸고 지나갔다. 그러나 사람들의 얼굴은 기대와 흥분으로 달아오른 상태였다.

"불멸의 신비를 밝혀주신 거룩한 칸 락(Holy Kan Rak) 님께 감사와 영광을 돌립니다!"

사회자의 말이 끝나기가 무섭게 청중들의 박수가 터져 나왔다.

짝짝짝짝!

"칸! 락!"

"이~ 하~"

"예에~"

"와우!"

청중들은 마치 팝 가수의 공연장에서 소리를 지르는 십 대처럼 열광했다.

장소에 어울리지 않게 "아멘!"이라고 소리치는 사람들까지 있었다.

다시 잔잔한 음악이 깔렸다.

여자들이 피가 담긴 양동이를 들고 사람들 사이를 지나갔다.

양동이가 옆으로 지나갈 때마다 사람들은 손바닥을 오므려 양동이의 피를 떠 마셨다.

"거룩한 칸 락 님, 감사합니다."

사람들은 피를 마시기 전에 기도하듯 중얼거렸다.

한 번으로 만족하지 못한 사람들은 두 번 세 번 피를 떠서 먹었다.

그러는 동안 또 다른 남자들이 새로운 황소를 끌고 나왔다.

황소의 구슬픈 울음소리가 밤하늘을 갈랐다.

제2화

무서운 이야기가 있는 밤

세계불멸협회의 기묘한 행사는 새벽 1시가 넘어서야 끝이 났다. 숙영지로 돌아온 박세기 일행은 한동안 아무도 입을 열지 않았다. 국제불멸협회의 행사는 나름대로 평탄치 않은 인생을 살아온 그들에게도 충격적이었던 것이다.

세 사람은 누가 먼저랄 것도 없이 마른나무를 긁어모아 모닥불을 지폈다.

모닥불 앞에 멍하니 앉아 있던 박미나가 입을 열었다.

“그런데 저는 이해가 가지 않는 게 하나 있어요.”

“헐! 선배는 하나밖에 없었어요?”

최명석의 농담에 박미나가 한숨을 내쉬며 말했다.

"하아! 솔직히 행사 자체도 이해가 가지 않았지만…… 아까 상원의원이 '칸 락의 이름으로 피를 마시면 더 이상 물과 음식에 연연하지 않아도 된다. 완전한 자유를 얻게 될 것이며, 그것이야말로 불멸하는 영생의 첫걸음이다.' 라고 했잖아. 대충 그런 뜻이었죠? 그렇죠, 팀장님?"

"그게 뭐?"

박세기는 시큰둥하다 못해 불쾌한 얼굴이다.

독일의 사회주의자 마르크스처럼, 그도 종교를 마약이라고 믿고 있었다. 세계불멸협회의 행사는 박세기에게 '역겨움' 에 불과했다. 그걸 다시 생각한다는 것은, 한겨울에 남이 토해 놓은 얼어붙은 토사물—토막 난 라면 면발이나 뭉그러진 해장탕의 건더기 따위 말이다!—을 계속 떠올리는 것과 같았다.

공개적으로 도축을 하고, 원시인들처럼 생피를 나누어 마시면서, 불멸자가 됐다고 자축을 하다니!

"솔직히 가축을 키우는 데 곡물이 훨씬 더 많이 들잖아요. 핵전쟁 이후로 가축은 물론 곡물도 점점 더 줄어드는 형편이고."

"그래서?"

"피를 필요로 하는 사람들의 숫자가 가축 공급량을 금방 추월할 것 같은데요. 초기에야 세계불멸협회 회원이 적으니까 유지될 수 있다고 해도, 저런 식으로 확장하다 보면 얼마 지나지 않아 가축의 씨가 마를 것 같은데…… 그럼 어디서 피를 구한다는 거죠?"

"그걸 왜 네가 걱정하는데?"

"아니, 그냥 상식적으로 물 대신 피를 마신다는 게 말이 안 되는 것 같아서요."

"한번 먹으면 효과가 오래 지속되나 보지. 그런데 음식과 물을 안 먹어도 된다는 건 말이 되고? 남들이 안 보는 곳에서 몰래 먹을 거라는데 나도 왼 손모가지 건다."

"에이, 팀장님까지 왜 한물간 농담을 하고 그러세요."

"내 말의 결론은 우리가 신경 쓸 것이 못 된다는 점이다. 모두 개소리니까. 나도 소고기 육회나 선짓국을 즐겨 먹었지만…… 그건 아니다, 정말."

박세기가 잔뜩 인상을 찌푸렸다.

"뭐, 말도 안 되긴 하죠. 그런데 그 세계불멸협회의 창시자 칸락에 대해서 들어 본 적 있으세요?"

"들어 본 적 없다."

"명석 씨는?"

"저도요. 국제불멸협회도 여기 와서 처음 알았어요. 그런데……."

최명석은 뭔가 개운치 않다는 표정이다.

"그런데, 뭐?"

피로감에 박세기는 비스듬히 드러누웠다.

밤하늘이 눈에 들어왔다. 사막이지만 별은 보이지 않았다. 모두 핵전쟁의 여파다.

언제쯤 맑은 하늘을 구경할 수 있을까?

아니, 살아 있는 동안 가능한 일이기는 할까?

박세기는 예전처럼 하늘이 맑아지기 전에 인류가 멸종할지도 모른다는 생각을 했다. 그리고 그게 자신의 망상이기를 바랐다.

"아까 말입니다. 암이나 백혈병에 걸려 죽어 가던 사람들도 간증을 했잖습니까? 믿음으로 피를 마시고 완치가 됐다고…… 그런 현상들도 거짓일까요?"

박미나가 나뭇가지로 불을 헤집으며 중얼거렸다.

"거짓말일 확률이 높지만…… 만약 그게 사실이라면 인간의 의지가 만들어 내는 기적 같은 거 아닐까? 믿음의 힘으로 사람들은 초자연적인 일을 경험하기도 하니까."

"물론 거짓말이나 기적이라고 생각할 수도 있겠지만…… 너무 많은 사람들에게 그런 일이 일어났다고 생각하지 않으세요? 주최 측의 몇몇 사람들에게 일어난 일이 아닌 것 같던데."

"그래서? 너도 믿고 싶다고?"

박세기가 눈을 감고 건성으로 물었다.

"형님, 제가 믿고 싶다는 게 아니라요. 왠지 느낌이 좋지 않다는 말을 하고 싶어서요."

"그런 걸 보고 기분 좋을 사람이 있겠냐? 그만 자자아…… 쟈샤……."

잠에 취했는지 뒤로 갈수록 박세기의 발음이 불분명해졌다.

"느낌이 좋지 않다는 건 무슨 뜻이야?"

박미나의 음성은 생생했다. 비몽사몽(非夢似夢) 중인 박세기와 달리 아직 잠이 들려면 먼 느낌이다.

"오늘 모인 사람들 숫자를 생각하면 소가 좀 부족했다고 생각되지 않아요?"

"설마 그렇게 많이들 마시겠어?"

"최소한 물과 음식을 대신할 정도는 먹어야 하는 게 아닌가요?"

"그렇게 생각하면 좀 많이 부족하긴 하겠지? 그래서?"

박미나가 의아한 표정으로 최명석을 바라보았다.

확실히 황소 세 마리로 수백 명이나 되는 사람들이 포만감을 느낄 리가 없다. 더구나 그것도 고기가 아닌 피만으로라고 하면 더욱 그렇다.

'가만, 그런데 고기는 먹었던가?'

행사 중에 따로 조리를 하는 사람은 없었던 것 같다.

'쩝, 그럼 고기는 어떻게 됐지?'

박미나가 엉뚱한 고민에 잠겨 있을 때다.

“피가 필요한 사람들이 오늘 밤 좀 많을 것 같지 않아요?”

“팀장님 말마따나 그걸 네가 왜 걱정해 주는 건데?”

“군인도 없고 경찰도 없는 시대에 피가 필요하면 선배님은 어떻게 할 것 같아요?”

박미나가 어이없다는 표정으로 최명석을 바라보았다.

“명석 씨, 엉뚱한 사람인 줄은 알았는데 그래도 좀 심하다. 혹시 예전에 뱀파이어물을 좋아했나? 트와일라잇 시리즈 같은 거.”

대답이 궁해진 최명석이 어깨를 으쓱해 보였다.

“제가 비약이 지나쳤나요? 달도 흐릿하고 좀 음산한 느낌이 들어서 해 본 소리입니다.”

“어우~ 야아, 왜 그런 소리를 해. 가뜩이나 기분도 뒤숭숭한데.”

박미나가 정색을 하고 손사래를 쳤다.

“하하, 농담입니다.”

“농담이지? 그치? 진짜 그렇게 생각하는 건 아니지?”

콰직.

…….

어둠 속에서 나뭇가지 밟는 소리가 들려왔다.

밤 12시가 넘으면 귀신보다 사람이 더 무서워지는 법이다.

박미나와 최명석은 거의 동시에 자리를 박차고 일어섰다.

어느새 뽑았는지 두 사람의 손에는 글록 17(Glock 17)이 들려 있었다.

이럴 때 "누구냐?"고 소리치는 것은 어리석은 행동이다.

최명석과 박미나는 숨소리마저 죽이고 소리가 들려온 방향을 향해 온 신경을 집중했다. 터질 듯한 긴장이 장내에 감돌았다.

스스슥. 스슥.

다행히 지면을 스치듯 걷는 발자국 소리는 서서히 멀어져 갔다.

박미나와 최명석은 놀란 눈으로 서로를 바라보았다.

한 사람이라고 생각 할 수 없는 소리다.

"뭐, 뭐야 지금? 누가 왔다 간 거 맞지?"

박미나의 물음에 최명석이 고개를 끄덕였다.

"예, 그런 거 같습니다. 한두 사람이 아닌 것 같은데…… 빛 한 점 없는데 소리 없이 잘도 몰려다니네요?"

"그, 그러게, 무슨 고양이 떼로 착각할 수도 있겠는데. 이게 무슨 일이래."

드르렁. 푸아…….

깊은 잠에 빠진 박세기의 코 고는 소리가 요란했다.

그런 박세기와는 달리 두 사람은 잠을 잘 수가 없었다. 박미나와 최명석도 피로가 몰려와 눈알이 뻑뻑할 정도였다. 하지만 어둠 속에서 소리 없이 움직이고 있는 뭔가를 생각해 애써 졸음을 견디어 냈다.

동이 트는 새벽 무렵, 최명석은 긴장이 풀려 살짝 눈을 감았다. 졸음은 전염성이 강하다. 어둠이 물러가자 박미나도 꾸벅꾸벅 졸기 시작했다.

얼마나 시간이 지났을까?

상체가 한쪽으로 기울어지는 느낌이 들자 박미나는 흠칫 놀라 눈을 떴다. 일찍 일어나 부지런을 떨고 있던 박세기가 박미나를 힐끔 보며 말했다.

"어째 오늘은 두 사람 모두 정신을 못 차리네. 어젯밤에 둘이 대체 무슨 짓을 한 거야? 눈까지 벌겋게 돼 가지고. 쯧! 쉴 때 쉬어야지 갈 길이 먼데."

박미나가 한숨과 함께 기지개를 켰다. 아무래도 박세기가 뭔가 오해를 하고 있는 것 같다.

"아웅~ 팀장님, 그런 거 아니거든요. 팀장님은 명석 씨랑 나 때문에 잘 잔 줄이나 아세요."

"무슨 소리야? 잠에 뭔 일 있었어?"

"어제 팀장님이 잠들고 나서 무슨 일이 있었는 줄 아세요?"

박미나는 약간의 과정을 섞어서 지난밤에 있었던 일을 설명해 주었다.

가만히 듣고 있던 박세기가 피식 웃으며 중얼거렸다.

"그러니까 주변의 인기척에 놀라서 밤을 꼬박 새웠다, 그 소리 아냐?"

"음, 그런가?"

"어제 행사가 늦게 끝나서 참가자들이 이 근방에서 노숙을 하는 것 같던데…… 인기척이야 당연한 거지. 그런 일로 놀라고 그러나?"

"아니, 분위기가 어젯밤에는 진짜 오싹했었다고요."

박세기가 피식 웃었다.

"오밤중의 분위기야 대화 소재에 따라서 오락가락하는 거 아냐?"

"그런 면도 있지만 어젯밤에는 진짜 이상했어요. 팀장님도 깨울 걸 그랬나."

"아무래도 두 사람이 어제 문화 충격을 좀 세게 받은 모양인데, 그런 건 빨리 잊을수록 좋아. 생각해 봤자 답도 없고."

"그건 아닌데…… 이상하게 얘기가 다른 방향으로 가네."

박미나는 박세기가 지난 새벽의 소름 끼치는 분위기를 알아주지 않는 게 답답했다.

하지만 다시 생각해 보니 최명석의 말에 휘둘려 과민 반응을 한 것 같기도 하다. 박세기의 말마따나 주변에서 노숙을 하는 사람은 수백에 달했다.

그렇게 생각하니 마음이 훨씬 가벼워졌다.

"그런데 오늘 철수하실 거예요?"

"아무래도 그래야 할 것 같다."

"음, 크리스털 코브 국립공원은요? 거긴 아직 안 들렀잖아요,"

"거기도 이곳과 별 차이가 없을 거라는 생각이 든다. 결정적으로 동부 유레카호가 다시 올 때까지 이곳에서 살아남을 자신이 없다."

"그렇기는 하죠."

"강 선생이 왔었다니 잘 해결됐기를 믿어야지. 명석이나 깨워라. 동부 유레카호의 출항 시간에 맞추려면 일찍 출발해야 한다."

"미국까지 왔는데 좀 아쉽네요."

"강 선생이 여기까지 왔다면 빈손으로 돌아가지는 않았을 거다."

"그랬기를 바라야죠. 안 그럼 면목이 없잖아요."

"……나는 솔직히 차장님도 할 만큼 했다고 생각한다. 어차피 차장님이 강 선생을 보호할 수도 없는 상황이었고. 그 뒤로는 미국에 있는 가족들을 챙겨 줬잖냐."

"생색낼 일도 못 되죠. 상대가 강 선생님이니까."

"……."

박세기도 그 말에는 할 말이 없었다. 상대가 강유진이었기에 가능한 배려였던 것은 틀림없는 사실이다. 결국 이 모든 건 강유진이라는 사람의 특출함 때문에 생긴 일이다. 국가의 부름을 받은 것도, 버려진 것도, 그리고 남겨진 가족들에 대한 배려도.

그건 한 개인에게 좋은 일일까? 나쁜 일일까?

박세기가 잠시 생각에 잠긴 동안 박미나는 최명석을 흔들어 깨웠다.

"끄응, 벌써 날이 밝았습니까?"

최명석이 벌겋게 충혈된 눈으로 박미나를 올려다보았다.

"날은 아까 밝았고, 출발 준비하래요."

"출발요? 유진 형 가족은……."

"팀장님이 오늘 출발한대요. 더 늦췄다가는 동부 유레카호를 타지 못할 수도 있다고."

"아, 그렇게 되나요?"

최명석은 박세기의 결정을 선선히 받아들였다. 물과 식량이 부족하니 어쩔 수 없는 선택일 게다.

자리에서 일어난 최명석이 박미나를 힐끔 쳐다보았다.

"참, 그 뒤로 다른 일 없었죠?"

"그 뒤로, 라뇨?"

질문을 이해하지 못한 박미나가 되물었다.

“사람들이 뱀파이어처럼 밤새 몰려다녔잖아요.”

“풋! 뱀파이어래.”

박미나는 최명석의 말에 웃음을 터뜨리고 말았다.

지난밤에 최명석이 왜 그렇게 떨었는지 이제는 알 것도 같았다. 산전수전 다 겪은 어른의 입에서 뱀파이어라니! 밤에 듣는 것과 환한 아침에 듣는 것은 확실히 느낌부터 달랐다.

“역시 무서운 얘기는 밤에 해야 제맛이에요. 그쵸?”

박미나가 생긋 웃으며 최명석의 어깨를 툭툭 쳐 보였다.

그런 박미나의 태도에 최명석은 딱히 할 말이 없었다. 확실히 날이 밝으니 모든 게 실없는 장난처럼 생각되기도 한다.

‘하기야 무슨 일이 있었겠어?’

지난밤 사람들의 비명이 들리지 않았다. 정말 무슨 일이 있었다면 꽤나 소란스러웠을 것이다.

그렇게 박세기 일행은 엘 모로 캐년을 떠났다.

*　　　*　　　*

제이슨(Jason)은 멀어져 가는 이남 일녀로부터 좀처럼 시선을 떼지 못했다.

밤새 몇 번의 기회가 있었다. 하지만 두 남녀는 좀처럼 빈틈을 보이지 않았다. 그들의 손에 권총만 들려 있지 않았어도 이렇게 바라만 보고 있지는 않았을 것이다.

'아쉽군.'

제이슨은 타는 듯한 갈증에 메마른 혀로 붉은 입술을 핥았다.

세계불멸협회의 소문을 들은 건 한 달 전이다. 그때만 해도 단순한 사기꾼 집단이라고 생각했다.

심령술에 빠진 친구 프레디(Freddy)가 아니었다면 지금까지도 그렇게 믿고 있었을지 모른다.

그리고 절망 속에서 진통제에 의존해 살고 있었을 것이다.

하지만 친구 하나 잘 둔 덕분에 자신의 인생은 변했다. 종교인들이 습관처럼 말하는 것과 달리 진짜, 완전히, 끝장나게 변했다.

더 이상 진통제를 먹지 않아도 될 정도로 건강해졌다. 말기 암 환자였던 한 달 전을 생각하면 TV에라도 나올 직한 기적이다.

그뿐이 아니다.

겨우 한 달 만에, 골골거리며 다 죽어 가던 몸이 격투기 선수보다 더 강하고 체조선수보다 더 순발력 있는 신체로 바뀌었다.

그걸 위해 자신이 따로 한 일은 없다. 그저 '칼 락'의 이름으로 피를 마셨을 뿐이다.

가족들과 다니던 교회의 목사는 “단지 예수를 믿기만 하면 구원을 얻는다.”라고 했다. 하지만 누군가를 정말로 ‘믿는다.’는 것은 쉬운 일이 아니었다. 교회 내에서조차 서로 ‘믿음이 있다, 없다.’, ‘크다, 작다.’로 비판하고 싸우지 않던가! 국제불멸협회는 하루에도 수십 번씩 변덕을 부리는 ‘도무지 신뢰할 수 없는 믿음’을 기적의 조건으로 걸지 않았다.

진짜 단지 ‘칼 락’의 이름으로 피를 마셨을 뿐이다.

그 단순한 행동 하나가 가져온 것은 인생의 완벽한 변화였다.

암으로 죽어 가던 육체가 강철 같은 몸으로 바뀐 것이다.

‘칼 락’이 예수보다 더 위대한 건 믿음이 없었음에도 은혜를 베풀었다는 점이다. 구원을 빌미로 믿음을 강요하는 기독교와 완전히 다르지 않은가!

물론 얻은 것도 있지만 잃은 것도 있다.

성욕과 식욕이 그것이다.

한편으로는 납득이 간다.

영생을 얻었는데 후손이 무슨 의미가 있단 말인가? 성욕이 사라진 건 아마도 개체 수를 조절하기 위한 자연의 섭리인지도 모른다.

식욕에 대해서는 불멸자들 가운데서도 의견이 갈린다.

피를 갈구하게 되는 것도 식욕으로 받아들이는 이가 있는가 하면, 흡혈은 영생의 조건이니 식욕과 분리되어야 한다고 주장하는 사람도 있다.

'다 개소리지.'

불멸자가 된 뒤로 한 달이 지난 지금, 처음과 달리 흡혈의 양이 늘었다.

처음에는 일주일에 한 컵 정도로도 충분했다.

그러나 한 달이 지난 지금, 자신은 하루에 한 컵을 먹어도 성에 차지 않았다.

피에 대한 갈증은 시간이 지날수록 강해져 가는 것 같다.

가축의 피로 부족하다는 것은 불멸자 간에 공공연한 비밀이다.

부족한 부분은 각자 알아서 해결하는 분위기다.

핵전쟁으로 국가와 사회 조직이 무너지지 않았다면 꽤나 곤란했을 상황이다. 하지만 인간 세계가 몰락한 덕분에 체포될 걱정은 없다.

그래서 그런 것일까?

국제불멸협회는 짧은 역사에도 불구하고 폭발적으로 성장했다.

요즘은 사람들이 점점 늘어나고 있는 '불멸자'를 가리켜 '신인류'라고 부르기도 한다. 그들은 어쩌면 '인간이 불멸의 존재로 진화해 나가고 있다.'고 착각하는지도 모른다.

'신인류라…….'

제이슨의 얼굴이 차갑게 굳어 갔다.

자신은 신인류 따위가 아니다. 인간에서 출발했지만 인간이라는 느낌은 들지 않는다.

지금도 50피트(약 15미터)가 넘는 높이의 나뭇가지를 밟고 서서 바람을 맞고 있는데, 이걸 어떻게 인간이라고 할 수 있단 말인가?

'쩝, 제법 신선한 냄새였는데…….'

제이슨은 이내 관심을 끊었다. 캘리포니아에는 아시아인이 많으니 기회는 또 올 것이다.

미련을 버리고 돌아서는 그의 눈에 동료들이 보였다.

제이슨은 가볍게 손을 흔들어 보인 뒤 반대쪽으로 몸을 날렸다.

밤새 소득이 없었으니 이제라도 사냥을 해야 했다.

*　　*　　*

강남은 비록 고담이라 불리고 있지만 그래도 여전히 주목받는 도시였다. 사실 범죄자들이 몰리는 것은 강남에 남아 있는 문명의 잔재들 때문이다. 부자는 망해도 삼대를 간다는 말이 있다. 강남이 그랬다. 나라는 망했지만, 강남에 남겨진 재화(財貨)는 다른 어느 지역보다 많았다.

게다가 박영찬 자경대장이 비밀리에 국가 재건 활동을 하면서부터 강남은, 정치에 관심이 있는 사람들 사이에서는, 거의 한반도의 중심으로 여겨졌다. 특히나 국가가 관리하던 재난 대비 물자들이 강남에 있다는 소문이 나돈 뒤로 강남의 인기는 전쟁 전보다 더했다.

그렇다 해도 그건 어디까지나 관리가 잘되고 있는 거주 지구에 한해서다. 거주 지구를 벗어난 강남은 한반도에서 몰려든 강도들로 들끓었다. 그래도 사람들은 거주 지구로의 진입을 꿈꾸며 꾸역꾸역 모여들었다.

강유진 일행이 귀국하자 박영찬 대장은 강유진의 가족들—전처와 딸—에게 지원을 아끼지 않았다.

자경대장의 직권(職權)으로 김소연과 하연에게 거주 지구 안에 있는 집을 제공하는 것은 물론, '식료품 우선 배급 대상자' 에도 이름을 올려 줬다. '식료품 우선 배급 대상자' 는 국가 재건의 핵심 인력들을 위한 것이어서 내부에서 반대의 목소리도 높았다. 그래도 박영찬 대장은 뜻을 굽히지 않았다. 그 바람에 한동안 김소연이 박영찬 대장의 여자라는 야릇한 소문까지 나돌았다.

강유진은 전처와 딸이 강남에 자리를 잡자 오피스텔로 돌아갔다.

강유진의 오피스텔은 거주 지구의 외곽에 자리하고 있었다. 거주 지구의 중심이라고 할 수 있는 뉴 갤러리아 백화점과는 도보로 10분 거리다. 뉴 갤러리아 백화점 인근은 구호품을 수령하러 오가는 사람들로 낮 동안 북적거렸지만 외곽은 한산했다.

임지연 박사는 거주 지구에 있는 가족들의 품으로 돌아갔다. 임지연 박사의 친인척들은 그녀의 귀환을 반겼다. 오늘날 임지연 박사는 재건과학(再建科學)의 시작이자 끝으로 알려져 있으니 당연하다. 그녀와 작은 친분이 있는 사람들조차 강남에서 주목받고 있는 형편이었다.

희망과 절망 속에서 사람들은 1월 1일을 맞이했다.

세계가 핵전쟁의 참화에 휩쓸린 뒤로 '시간이 흘러간다.'는 것은 희망적이다. 지나간 시간만큼 자연이 스스로를 치유했다고 믿기 때문이다. 그러나 봄이 다시 오지 않을지 모른다는 것과 식량 사정이 점점 나빠지고 있다는 것은 공포였다.

그러는 가운데 드디어 강남의 자경단은 재건정부를 공포했다.

새해에도 무정부 상태로 갈 수 없다는 시민들의 강력한 요청에 따라 위원회와 의장이 선출된 것이다.

사람들은 누군가 나서서 자신들을 이끌어 주고, 외부의 적들로부터 지켜 주기를 바랐다. 그래서 만들어진 것이 10인의 위원회였다. 10인의 위원회는 국회와 법원의 기능을 담당하기로 했다. 의장으로는 현역 육군 중장이었던 김지원 위원이 선출됐다.

자경단이 가장 강한 무력 집단이었지만 정작 대장인 박영찬은 위원회에 이름조차 올리지 못했다. 박영찬 대장에게 권력이 집중되면 독재로 흐를 위험이 있다는 위원들의 판단 때문이다. 결국 박영찬 대장의 자경단은 치안에만 매달리게 되었다.

위원회는 가장 먼저 자경단의 이름을 경비대로 바꾸었다.

아무래도 자경단이 '자발적' 이라는 의미가 강해 정부 조직에 어울리지 않을 뿐 아니라, 다른 도시의 자경단과 차별하기 위해서였다.

곧이어 박영찬 대장이 비밀리에 운영하던 특임대(特任隊)를 해산시켰다. '이미 준정부 조직인 위원회가 구성되었으니 정부 재건을 위한 특임대의 활동은 의미가 없다.' 는 이유에서다. 명목상 그랬지만 사실은 박영찬 대장이 비밀 조직으로 다른 짓을 하지 못하게 차단한 것에 불과했다.

박영찬 대장은 자신이 소외당하고 있는 것을 알았지만 항의하지 않았다.

열혈 특임대원들이 흥분해서 위원회를 때려 부수자고 할 때 그들을 만류했다. 어쨌든 그들은 강남의 시민들이 뽑은 시민의 대표인 까닭이다.

덕분에 시간적인 여유가 생긴 박영찬 대장은 강유진의 오피스텔을 자주 방문했다.

강유진이 박영찬 대장에게 김이 모락모락 올라오는 커피를 내밀었다.

"아무리 그래도 너무 자주 놀러 오는 거 아닙니까?"

"이렇게 뜨거운 커피를 마실 수 있는 곳이 많은 건 아니니까요."

박영찬 대장이 보란 듯이 입김을 후후 불며 커피를 마셨다.

그러다가 뜬금없이 옆에 앉은 안상혁을 향해 물었다.

"그렇지 않소?"

"……."

안상혁은 대답 대신 어깨를 으쓱해 보였다. 상대의 실없는 농담에 진지하게 답할 필요가 없다는 생각에서다.

강유진도 박영찬 대장의 맞은편에 털썩 앉았다. 박영찬 대장이 딸깍하고 커피 잔을 거실의 탁자 위에 내려놓았다.

"하하, 오늘날 탁자와 커피 잔을 제 용도대로 사용하는 곳은 강 선생님의 집밖에 없을 겁니다. 위원장도 집에서 이런 커피를 마시지 못할 겁니다."

목재가구는 땔감으로 사용한 탓에 남아 있지 않았다. 먹고살기도 힘든 마당에 커피를, 그것도 커피 전용의 잔에 마신다는 것은 꿈도 꾸지 못할 사치였다.

하지만 강유진은 추위와 더위를 타지 않는다. 당연히 집안에 불을 피울 일이 없으니 목재가구가 온전히 남아 있었다.

간혹 화기(火氣)가 필요할 때는 정령의 힘을 사용했다. 당장 커피 물을 끓인 것만 해도 그렇다. 전기가 끊어진 지 오래지만 커피포트 안에는 뜨거운 물이 가득했다.

강유진이 웃으며 입을 열었다.

"덕분에 커피가 다 떨어져 갑니다."

"어이쿠! 다음에 올 때 제가 몇 통 가지고 오겠습니다."

"그래 주시면 고맙죠."

강유진은 사양하지 않았다.

묵묵히 차를 마시던 안상혁이 궁금한 얼굴로 박영찬 대장을 바라보았다.

"위원회의 이야기는 소문으로 들었습니다. 시민이 얼마 되지도 않는 강남에서 그렇게 힘이 분산돼도 괜찮겠습니까? 외곽에 출몰하는 강도단이 요즘 들어 더 기승을 부린다고 들었는데요."

"걱정하는 건 알지만 위원회가 생긴 뒤로 좋은 일도 많네."

"좋은 일요?"

"자경단, 아니, 경비대가 미처 생각지도 못했던 일들을 위원회가 해 주고 있거든. 예를 들면 학교가 그렇지. 나는 강도와 공산당을 때려잡을 생각만 했지 아이들 가르칠 생각은 미처 하지 못했네. 그런데 위원회가 임시 학교를 만들어 운영할 생각을 한 거야.

스피노자가 한 말이 있지. 내일 지구가 멸망한다고 해도 나는 한 그루 사과나무를 심겠다. 나는 왜 그럴 잊고 있었는지 몰라…… 다른 건 다 차치하고, 그것 하나만으로도 위원회는 존재 가치가 있다고 생각하네. 그렇지 않습니까? 강 선생님?"

"아이들을 가르친다는 건 의미 있는 일이죠. 칭찬받을 만한 일입니다."

강유진은 선선히 고개를 끄덕였다.

안상혁도 그 부분에 대해서는 반대하지 않았다.

"그야 그렇습니다. 그런데 위원회가 출범한 이후로 강도단이 더 자주 출몰한다고 들었습니다. 외곽 거주민의 사망자도 늘었고요. 그건 왜 그런 겁니까?"

박영찬 대장의 얼굴에 씁쓰름한 미소가 떠올랐다.

"그야 알 수 없지. 오비이락(烏飛梨落)이라고 어쩌다가 그런 건지…… 아니면 정말 뭐가 있는 건지……."

"쯧! 대장님의 손발이 잘려서 상황 파악을 못 하고 있는 것 아닙니까? 치안을 맡기고 손발을 잘라 버리다니…… 위원들의 머릿속에 뭐가 들었는지 원……."

안상혁은 특임대가 해체된 것이 영 마음에 들지 않는 모양이다. 자신의 일도 아닌데 얼굴까지 붉게 달아올라 있었다.

"나도 그 사람들 머릿속을 열어 봤으면 소원이 없겠네. 그나저나 말이 나왔으니 하는 말인데…… 강 선생님.”

강유진을 바라보는 박영찬 대장의 표정이 조금 굳어 있었다.

“네?”

“이번에 위원회에서 식료품 현황 조사와 함께 ‘우선 배급 대상자’ 선정을 다시 하겠다고 통보해 왔습니다.”

“그런데요?”

“앞으로는 자격을 선정된 ‘본인’과 ‘그와 동거하는 가족’으로 제한하게 될 거라고…….”

“아…….”

강유진은 단번에 박영찬 대장의 말을 알아들었다.

“죄송하지만 이번에 김소연 씨와 하연이의 이름이 누락될 것 같습니다. 동거자가 아니라는 이유로 그렇게 하겠다고 하더군요.”

“결국 그렇게 됐군요.”

뜻밖의 말이었지만 강유진은 담담하게 받아들였다.

늘 느끼는 바이지만, 권력을 가진 사람들과는 껄끄럽기만 했다. 태생적으로 권력과 담을 쌓고 살아서 그런지도 모른다.

하지만 가뜩이나 분배의 문제에 민감한 안상혁은 그러지 못했다.

“헐! 그게 무슨 개소리랍니까? 지들은 무슨 대단한 일을 했다고 이름을 올리고! 소연 씨와 하연이는 동거인이 아니니까 뺀다고요?"

박영찬 대장이 곤혹스러운 표정으로 수염을 매만졌다.

자신도 수차례 위원회에 압력을 넣었지만 받아들여지지 않았다.

오히려 몇몇 위원은 "차라리 대장님이 동거를 하는 게 어떻겠냐?"는 식으로까지 나왔다. 그들은 평범한 두 모녀—김소연과 강하연—의 이름이 '우선 배급 대상자' 명단에 있다는 걸 용납하지 않았다. 겉으로는 "일반인에게까지 나누어 줄 정도로 식료품 사정이 좋은 게 아니다."라고 했지만, 내막을 알고 보면 자신에 대한 견제 때문이다. 그래서 강유진에게 더 면목이 없었다.

"상혁아, 흥분할 거 없다. 그런다고 내가 하나뿐인 딸내미를 굶기기야 하겠냐?"

"그래도 기분이 더럽잖습니까. 형님이 어떤 분인데 감히."

"어떤 분이긴, 비상식량 얻어먹는 백수지."

"이 기회에 강남을 떠날까요?"

"가긴 어딜 가?"

"고향에 가고 싶다고 하지 않았습니까?"

강유진의 얼굴에 어색한 미소가 떠올랐다.

한국으로 오는 비행기 안에서 임지연과 나눈 이야기를 들은 모양이다.

"인마, 갈 때 가더라도 이렇게는 안 간다."

"허허, 강 선생님, 가긴 어딜 간다고 그러십니까? 한반도에 문명이 재건된다면 이곳 강남이 그 중심이 될 겁니다. 하연이의 미래도 생각하셔야죠."

박영찬 대장은 강유진이 강남에 남아 주기를 바랐다. 인류, 아니, 강남 거주민의 생존을 위해서라도 강유진이 필요하다고 믿었다.

"흥! 이기적이고 배은망덕한 인간들이 재건할 문명사회에는 희망이 없습니다. 혼탁했던 역사의 악순환이 반복될 겁니다."

"……."

차가운 안상혁의 말에 박영찬 대장은 일순 할 말을 잃었다.

솔직히 자신도 요즘 위원회가 하는 짓을 보면 암울하기까지 하다. 그래도 강유진의 앞에서 너무 극단적으로 나가는 것은 좋지 않았다.

"진정하게. 위원회에 나쁜 인간들만 있는 건 아니니까. 지금은 몇몇 자기주장이 강한 위원들이 분위기를 끌고 나가서 그러는 것뿐이라네."

대표적인 사람이 김지원 위원장이다.

그는 핵전쟁 당시 육군 군수사령부의 지휘관이었다. 서울과 경기 일대의 전시대비 비축물자에 대해 그만큼 잘 아는 사람도 없다. 지금 강남에서 소비되고 있는 식량은 대부분 그의 손을 거친 것들이다. 덕분에 그는 쟁쟁한 사람들을 제치고 위원장이 됐다.

박영찬이 '경비대로 강남을 지키고 있다.' 면, 김지원은 '전시 대비 비축물자로 강남의 시민들을 먹여 살리고 있다.' 라고 해도 과언이 아니다. 현재 김지원의 지휘를 받고 있는 삼십여 명의 보급부대원들은 모두 육군 군수사령부 출신의 군인들이기도 했다.

문제는 위원회가 만들어지면서 경비대와 위원회 간에 보이지 않는 주도권 다툼이 일어났다는 사실이다. 지금까지는 경비대가 대부분의 문제를 해결해 왔다. 심지어 식료품의 분배까지도 경비대에서 담당했다. 김지원의 부대는 보급품을 관리하고 배달하는 심부름꾼 역할만 했었다.

하지만 시민들이 위원회를 선출하면서 모든 게 변했다. 강남의 무게중심이 경비대에서 위원회로 옮겨 간 것이다. 그 과정에서 김지원은 박영찬이 지시한 일들을 철회하기 시작했다. 그렇게 함으로써 '위원회가 경비대의 위에 있다.' 는 걸 확실히 보여 준 것이다.

제3화

팔은 안으로 굽는다

"동조하는 사람들도 똑같은 겁니다."

안상혁은 끝까지 자신의 주장을 굽히지 않았다. 강유진이 페로 제도까지 가서 한국과 아시아인들을 위해 싸운 걸 생각하면 열불이 났다.

물론 위원회는 강유진이 어떤 일을 했는지 모른다. 그들이 아는 건 '강유진이 특임조의 일원으로 외국에서 활동했다.'는 정도다. 그래도 그 정도 헌신이면 강유진의 가족—전처와 딸—에게 더 나은 대접을 해야 마땅하지 않은가!

"하아! 모든 게 다 내가 부덕한 탓이네. 내가 한 일들이 부정당하다 보니 생긴 일이야."

결국 박영찬은 속에 있는 말을 털어놓고 말았다.

내부의 알력으로 강유진이 제대로 된 대접을 받지 못한다고 생각하니 더욱 속이 쓰리다. 이래서는 남산에서의 일을 재탕하는 꼴에 불과하지 않은가?

"강 선생님, 면목 없게 됐습니다. 사람들이 왜 권력을 잡으려고 하는지 이럴 때는 이해가 갑니다."

"너무 신경 쓰지 마세요. 위원회가 나쁜 짓을 하고 있는 것도 아니지 않습니까?"

"그래도……."

박영찬은 차마 말을 잇지 못했다.

과거의 정부도 무슨 악의(惡意)가 있어서 강유진을 버린 게 아니다. 신뢰와 소통의 부족으로 모든 악연이 생겨났다. 그건 새로이 만들어진 위원회도 마찬가지다. 정치적인 문제 때문에 '동거하지 않는다.'는 이유로 그가 부양할 가족의 이름을 삭제한 것이다. 그렇게 생각하니 더욱 마음이 무거웠다.

"탈락의 사유로 이혼이 거론되지 않았다는 게 신기하네요."

강유진은 오히려 그게 이상하다는 얼굴이다.

그에 대한 답은 안상혁이 했다.

"핵전쟁으로 국가가 해체된 이후에 결혼 제도는 사라졌습니다. 그걸 인정하고 증명해 줄 기관도 없지만, 그게 실생활에 별반 도움이 되지 못했거든요."

"허허, 그의 말대로입니다. 배우자를 잃고 새로운 파트너를 맞이한 사람이 한둘이 아닌데…… 그걸 공증할 방법도, 필요도 없으니 다들 그러려니 하고 살아가고 있습니다. 어쩌면 변화된 자연환경에 적응하기 위해 그렇게 된 것인지도 모르지요."

"아!"

안상혁이 간결하게 마무리했다.

"그래서 요즘은 그냥 '짝짓기'라고 말합니다. 결혼, 이혼, 그런 건 묻지도 따지지도 않습니다. 그냥 눈 맞으면 동거죠. 그래서 실제 동거 여부만 확인하는 걸 겁니다."

"그랬군."

"그래도 자식이나 부모 같은 경우는 예외로 칩니다. 그러니 위원회가 더 질이 나쁜 놈들인 거죠. 어른인 소연 씨야 그럴 수 있다고 쳐도, 하연이는 아직 어린애인데 형님이 부양할 가족으로 인정하지 않은 겁니다. 개자식들!"

안상혁은 '빠드득' 하고 이를 갈았다.

위원회는 김소연에게 부양 능력이 없다는 걸 알면서도 하연이의 이름을 '우선 배급 대상자' 명단에서 뺐다. '우선 배급 대상자' 명단에서 빠진 사람들은 배식지로 지정된 곳에 줄을 서서 배급을 받아야 한다. 식량은 언제나 충분한 게 아니어서 뒤로 갈수록 빈손으로 돌아갈 확률이 높았다. 어린 아이와 노인들이 영양실조로 쓰러지는 원인도 거기에 있었다.

"흥분하지 마라. 무슨 말인지 알겠다."

"최소한 형님의 딸인 하연이만이라도 유공자 혜택을 받아야 맞는 말인 겁니다. 그렇지 않습니까? 대장님?"

갑작스러운 안상혁의 물음에 박영찬은 한숨을 길게 내쉬었다.

"하아! 맞는 말이네. 하연이는 혜택을 받아야 하지. 지금까지 그렇게 운영해 왔고. 내가 다시 위원장을 만나서…… 최소한 하연이만이라도 명단에 올려 달라고 말해 보겠네."

"그럴 필요 없습니다."

강유진이 정중히 사양했다.

단호한 강유진의 말에 박영찬 대장은 고개를 떨구었다.

"정말…… 면목이 없습니다."

"괜찮습니다. 제가 오히려 미안하지요."

뜬금없는 말에 박영찬이 고개를 들어 올렸다.

미안하다고 말하는 강유진의 눈은 말과는 반대로 웃고 있다.

"헐, 그런 말씀 마십시오. 강 선생님이 미안할 게 뭐가 있습니까?"

"아닙니다. 저는 앞으로 미안한 일을 많이 할 겁니다. 그러니 미안해하는 게 당연하지요"

"……."

놀란 박영찬은 눈만 끔뻑거렸다.

앞으로 미안한 일을 할 거라니? 그것도 많이?

꿀꺽.

저도 모르게 마른침이 목울대로 넘어갔다.

그러거나 말거나 강유진이 담담한 어조로 말을 이어 나갔다.

"흔히들 팔은 안으로 굽는다고 하지요? 정치도 그럴 거라고 생각합니다. 그래서 정당이 있고 파벌이 있는 거겠죠. 지금의 위원회도 그렇고요."

강유진이 말을 멈추고 자기 팔을 안쪽으로 접었다 펴 보였다.

"이렇게 다 안으로 굽는 거죠. 그런데 경비대는 위원회의 안쪽이 아니라 바깥쪽에 있으니 배려를 받지 못한 것일 테고요. 그렇지 않습니까?"

"맞습니다."

"그러고 보니 제 팔도 이렇게 안쪽으로 굽는군요."

"허허, 그야 누구나 그렇지요."

박영찬은 억지로 미소를 지어 보였다.

강유진이 당연한 걸 새삼스럽게 설명하고 보여 주기까지 하는 이유는 뭘까?

하지만 강유진은 그 이유를 가르쳐 주지 않았다.

대신에 커피포트의 물을 다시 끓이며 나직이 말했다.

“커피는 굳이 가지고 오지 않아도 됩니다. 제 손으로 직접 챙기면 되니까요. 그렇지 않아도 받아먹는 일이 무료하다고 느끼던 참입니다.”

“그 말씀은?”

듣고 있던 안상혁이 답답하다는 듯 한마디 했다.

“자력구제(自力救濟)하시겠다는 거 아닙니까.”

순간 박영찬의 얼굴이 어둡게 가라앉았다.

마치 우리에서 탈출한 호랑이를 보고 있는 듯한 표정이다.

박영찬은 강유진이 국정원 요원으로 활동했던 것처럼 제도권 안에서 움직여 주기를 바랐다. 하지만 자신과 위원회의 갈등이 그 기회를 원천적으로 봉쇄해 버렸다. 만약 강유진이 성난 호랑이처럼 홀로 날뛴다면 누가 그를 제어할 수 있을까?

핵미사일로도 제어할 수 없는 남자를 감히 누가? 그리고 무슨 수로?

박영찬이 우려하던 일은 엉뚱한 곳에서 시작됐다.

*　　*　　*

‘아이는 어른의 미래다.’ 라는 말처럼 의미심장한 말이 있을까?

아이들은 어른들의 세계를 쉽게 배운다. 특히나 좋지 않은 것은 누가 따로 가르쳐 주지 않아도 잘도 배운다.

위원회는 경비대의 본부가 있는 뉴 갤러리아 백화점 옆에 임시 학교를 세웠다. 그리고 초 · 중 · 고등부 과정의 학급 3개를 만들었다.

물론 더 이상 교육은 강제나 의무 조항이 아니다. 그럼에도 불구하고 교육의 필요를 느낀 많은 가정에서 아이들을 보냈다. 덕분에 혹독한 생존 환경 속에서도 초 · 중 · 고등부 학생들의 수는 무려 이백 명에 달했다.

교육은 지식을 후세에 전달할 뿐 아니라, 더 발전시키는 일을 한다. 문제는 재건된 학교에서 학생들이 좋은 것만 배우는 게 아니라는 사실이다.

재건된 임시 학교는 과거와 단절되지 못했다. 과거의 좋지 못한 관습들은 학교 내에서 여전히 통용되었다. 정말로 아이는 어른의 미래였다. 아이들은 어른들이 집에서 하는 행동을 고스란히 학교에서 쏟아 냈다.

협동하지 않으면 생존이 버거운 열악하고 조악한 환경 속에서도 계층을 나누고 누군가를 괴롭히기 시작한 것이다.

과거 한국 사회는 남편의 직업과 직위에 따라 그 가족들의 사회적 지위가 정해지곤 했다.

그런 저급한 어른들의 계급 문화는 아이들 세계에도 고스란히 투영됐다. 아이들은 어떤 집에 사느냐를 교우 관계 형성의 절대적인 기준으로 삼았다. 그래서 대형 아파트에 사는 아이는 소형이나 임대 아파트에 사는 아이들과 어울려서는 안 된다고 믿기도 했다.

핵전쟁 이후에도 어른들의 줄긋기 문화는 사라지지 않았다.

『우선 배급 대상자 명단에 이름이 올랐느냐? 선착순 배급을 받으러 뛰어다녀야 하느냐?』

『위원회나 경비대에 소속되어 있느냐? 단순한 피난민이냐?』

『거주 지구의 중심에 사느냐? 변두리에 사느냐?』

생존을 위해서 사람들은 자신이 전자(前者)에 속하기를 바랐다. 그리고 후자(後者)에 속한 사람들과의 관계는 생존에 하등의 도움이 되지 못할 것으로 여겨 배척했다.

그런 어른들의 말과 행동은 고스란히 아이들의 세계로 넘어갔다. 아니, 오히려 어떤 점에서는 어른들보다 더 나아갔다. 아이들 특유의 솔직 대범함이 원인이었을 것이다.

아이들은 노골적으로 계급을 만들어 냈다.

'우선 배급 대상자' 명단에 이름이 오른 사람은 귀족.

위원회나 경비대에 가족이 속해 있으면 자유기사.

거주 지구의 중심에 사는 아이들은 양민.

그 이외의 사람들, 예컨대 단순한 피난민으로 거주 지구 외곽에 살면 천민이라고 규정지었다.

그리고 귀족은 귀족끼리, 자유기사는 자유기사끼리, 양민은 양민끼리, 천민은 천민끼리 무리지어 놀았다.

그나마 핵전쟁 전에 만연하던 빵 셔틀이 사라진 게 인류의 진보라면 진보였다.

초등학교 6학년인 김제니는 자타가 공인하는 최고의 귀족이다. 아버지가 김지원 위원장이니 임시 학교에서 그녀는 여왕의 대우를 받았다. 학생들뿐 아니라 위원회에서 가려 뽑은 열 명의 선생님들조차 은근히 그녀의 눈치를 살필 정도였다.

오늘 김제니는 오전 수업 시간 내내 한 가지 생각에 골몰하고 있었다.

어젯밤에 위원장인 아빠와 엄마는 언제나처럼 주변 사람들을 평가하는 일을 했다.

그러던 중 아빠는 "오늘 내가 경비대 대장에게 물을 먹였다."고 자랑했다. 엄마와 아빠는 경비대 대장에게 물 먹인 일을 두고 오랫동안 웃었다.

김제니의 귀가 번쩍 뜨인 것은 그다음에 나온 말이다.

"하하! 그 콧대 높은 인간이 세 번이나 찾아와서 애걸복걸을 하는 거야."

"김소연인가 뭔가 하는 여자 때문예요?"

"그렇지. 당신도 알다시피 지금은 먹을 게 곧 힘인 시대잖아! 그동안 남의 말을 전부 귓등으로 듣더니만, 내가 떡하니 위원장이 되니까 머리를 숙인 거지."

"아니, 그 여자랑 경비대 대장이랑 무슨 관계래요?"

"딱 보니까 애인 같더라고. 박영찬 대장의 와이프가 전쟁 통에 죽었잖아."

"아니, 그럼 그냥 동거하면 될 텐데 왜 그런대요? 난 그런 식으로 예외 조항이 있으면 안 된다고 생각해요. 그렇게 챙겨 주고 싶으면 동거를 해야지. 누가 말리나?"

"내가 알아봤는데 약간의 사연이 있더라고."

"무슨 사연요?"

"김소연에게 딸이 하나 있거든. 제니랑 같은 학년이야. 강소연이라나 뭐라나……."

"그런데요?"

"그 딸이 박영찬 대장이 데리고 있던 부하의 딸이라네? 애비 이름이 강 뭐라고 하던데."

"어머, 그럼 뭐야? 불륜이야?"

"불륜이 아니라 전쟁 전에 이혼을 했다나? 하여튼 그래서 가족

관계가 좀 복잡한 것 같아. 그러니 박영찬 대장이 동거하기가 쉽지 않은가 봐."

"그 여자 능력 있네. 남편 상사랑 눈도 맞고."

"뭐, 강남에 연고자가 없는데 딸을 데리고 피난 온 거 보면 보통 여자는 아니지."

"아니, 그럼 무연고자를 거주 지구에 받아 준 거예요? 강남의 거주 지구에 집을 얻기가 얼마나 어려운데? 그런 특혜가 어디 있어? 너무한다. 진짜!"

"그게 딱히 그렇다고 볼 수도 없는 게…… 일단 소연이라는 애의 아빠가 지금은 해체된 특무대의 요원으로 일했거든. 그러니까 완전히 무연고자라고 말하기도 어려운 거지."

"몰라, 하여튼 나는 남자들이 여자관계 흐릿하게 하는 거 질색이에요. 요즘 같은 세상에 전처니 부하니 하는 게 다 무슨 상관이래? 마음 안 맞으면 갈라서고, 마음 맞으면 함께 사는 거지. 근데 가만 생각해 보니 여자가 좀 요물인 거 같다. 그쵸?"

"거주 지구 시찰을 갔다가 본 적이 있는데…… 생긴 건 착해 보이던데."

"이 양반이 뭘 모르네. 얼굴이 착하고 순하게 생겨야 남자들도 꼬인다고요. 독하게 생겨 봐? 누가 무서워서 가까이 가나."

"하하, 듣고 보니 그러네. 그런데 제니 학교생활은 좀 어떻소?

예전같이 일진이니 뭐니 해서 쓸데없는 말썽 부리면 안 되는데. 위원장이라 보는 눈이 좀 많아야지."

"그건 걱정은 안 해도 될 것 같아요. 위원장 딸이라고 애들이 알아서 설설 긴다고 자랑합디다. 억센 중고등부 선배들도 눈치를 본다는데 말 다했지."

"하기야 죽고 사는 게 내 손에 달려 있는데 누가 우리 제니를 건드려. 내가 열 받아서 배급 끊어 버리면 죄다 굶어 죽을 판인데."

"당신 그렇다고 너무 오냐오냐하지는 마세요. 괜히 제니 버릇만 나빠진다고요."

"괜찮아. 그 정도는 해도 되는 집안이야. 강남 시민 천오백 명의 생사가 내 손에 달려 있는데. 옛날 같으면 내가 도시국가의 왕이라니까."

"호홋! 그럼 나는 왕비네?"

"당연하지. 우리는 로열패밀리라고. 당신 기억나? 옛날에 영국의 황태자들 술집에서 사고 치는 거 해외 토픽으로 나오고 그랬잖아? 영국 사람들에게는 그런 거는 그냥 호기심거리일 뿐이야. 일반인들은 그런 걸 봐도 다른 세계의 이야기로 받아들인 다니까. 우리도 알고 보면 왕족이나 마찬가지야. 당신도 알잖아? 내가 시민들을 먹여 살리고 있다는 거. 그러니까 그 정도 혜택은 누려도 돼."

"알았어요."

"참, 그래서 말인데 제니에게 친구를 가려서 사귀라고 잘 가르쳐 둬. 재벌들은 자기들끼리 결혼했잖아. 그래야 필요할 때 서로 도움을 주고받을 수 있거든. 우리 제니도 자기한테 도움이 될 만한 상류층 애들을 골라 사귀라고 해. 한 치 앞도 내다볼 수 없는 세상이니까."

"그런 말은 당신이 좀 해 줘요. 요즘 내 말은 잘 안 들어요."

"물론 나도 말할 거야. 내 말은 당신도 틈틈이 잘 가르치라는 거야. 괜히 거주 지구 외곽에서 이상한 애들이랑 어울려 다니지 않게."

그 뒤로는 기억이 가물가물하다.

아빠가 "외곽 지역이 위험하니까 돌아다니지 못하게 하라."는 말을 한 것 같은데 확실하지 않다. 중요한 건 귀족인 줄 알았던 강하연이 알고 보니 천민이라는 점이다.

'여우 같은 계집애. 그걸 속이고 계속 귀족 모임에 나오다니!'

제니는 속에서 화가 치밀었다.

지난주 영어 수업 시간에 생긴 일이다.

영어 선생님이 '제니'라는 자신의 이름을 보고는 외국에서 살다 왔다고 생각했는지 책을 읽어 보라고 시켰다.

외국에 나가 본 적은 없지만 학원에서 다진 실력으로 무난하게 책을 읽었다.

선생님은 발음이 좋다고 칭찬했다. 하지만 으쓱한 기분은 오래 가지 않았다. 얼마 지나지 않아 강하연이 일어나 책을 읽었고, 강하연은 그 일로 일약 스타가 되었다.

제니는 그날 집에서 눈이 퉁퉁 붓도록 울었다. 제니라는 이름을 가진 게 너무 부끄러웠다. 그 뒤로 강하연과는 친해질 수 없었다. 강하연이 귀족 모임에 들어왔지만 왠지 서먹했다.

솔직히 강하연의 얼굴을 보는 것만으로도 창피했고, 그런 기분을 느끼게 하는 강하연이 싫었다.

친아빠가 경비대에서 일했으니 절반은 자유기사라고 할 수 있다. 하지만 중요한 건 강하연이 처음부터 귀족이 아니었다는 사실이다.

생각할수록 화가 났다.

그동안 그 여우가 경비대장의 백으로 귀족 행세를 했다고 생각하니 부글부글 끓었다.

육군 장성인 아빠 덕분에 주목받으며 살아온 제니에게 강하연의 존재는 불쾌함 그 자체였다.

'흥! 자기가 천민이 되었다는 걸 숨기고 싶겠지…….'

하지만 아빠의 말에 의하면 경비대장이 힘쓰던 시대는 끝났다. 그러니 이제 곧 점심시간이 되면 강하연의 초라한 정체도 까발려지게 될 것이다.

귀족들은 경비대 본부 앞에 있는 배식지로 먹거리를 타러 가지 않는다. 배급 지도원들이 "우선 배급 대상자"의 집이나 직장 또는 학교로 직접 찾아오기 때문이다. 언젠가 아빠는 "생색도 내고 요인 보호와 관찰도 겸해 할 수 있어서 그렇게 하고 있다."고 말했다.

제니는 오전 수업을 거의 흘려들었다.

12시에 수업이 끝나자 귀족 모임의 친구들이 언제나처럼 제니의 주변으로 모였다.

귀족이 아닌 아이들은 수업 시간이 끝나기가 무섭게 밖으로 달려 나갔다. 배급을 받기 위해서다.

제니가 의식적으로 강하연을 바라보았다.

강하연은 오늘부터 자신의 이름이 빠졌다는 걸 모르는지 나가지 않고 있었다.

"하연이 반갑네."

제니는 시치미를 떼고 먼저 아는 체했다.

"응? 응. 너도 잘 지내지?"

강하연은 제니가 먼저 말을 걸어오자 조금 당황했다. 지금까지 제니가 먼저 말을 걸어온 적은 없었다.

"배급 기다리는 거야?"

묻고 있는 제니의 얼굴에 야릇한 미소가 감돌았다.

"응."

"그래? 이상하네……."

제니가 고개를 갸웃거리며 말끝을 흐렸다.

"왜?"

"아직 연락 못 받은 거야?"

"무슨 연락?"

"너네 가족 모두 '우대자'에서 이름 빠졌대."

"무, 무슨 소리야?"

강하연의 음성이 가볍게 흔들렸다.

'우대자'는 '우선 배급 대상자'의 줄임말이다. '우대자로 선정되지 못했다.'는 것은 '약육강식(弱肉强食)의 세계에서 보호받지 못한다.'는 것을 의미했다.

귀족 모임의 아이들이 반짝이는 눈으로 제니와 강하연을 번갈아 바라보았다. 뭔가 재밌는 일이 시작되고 있는 것 같다.

"알고 보니까 너네 가족 대단하더라."

"그게 무슨 소리야?"

귀국 자녀 특유의 어색한 발음이 교실을 울렸다. 하지만 긴장한 강하연은 발음에 신경 쓸 겨를이 없었다.

"아! 모야! 재수 없어! 혀 좀 그만 굴려."

"가, 갑자기 나한테 왜 그러는데?"

"야, 솔직히 말해 봐. 너네 엄마랑 경비대 대장 아저씨랑 그렇고 그런 사이라며?"

"무슨 소리야! 누가 그래?"

"병신아, 세상에 비밀은 없어. 너네 엄마가 경비대 대장 아저씨한테 꼬리쳐서 '우대자'에 선정됐던 거잖아. 그런데 어쩌냐? 위원회가 경비대보다 더 쎄서, 결국 너랑 네 엄마 이름을 '우대자'에서 빼기로 했다더라. 너의 가짜 귀족 생활이 쫑난 거지. 내 말이 의심나면 기다려 봐. 네가 배급을 받나 못 받나."

"뭐! 누가 누구에게 꼬리를 쳤다는 거야! 거짓말하지 마!"

"호호! 거짓말이라고? 미친년아! 강남에서 일어나는 일들 중에 내가 모르는 일이 있을 거 같아? 우리 아빠가 위원장이야. 더 말해 줄까?"

"뭘 더 말한다는 거야!"

강하연은 화가 나서 미칠 것 같았다. 제니가 왜 저렇게 뻔한 거짓말을 하는지 이해할 수 없었다.

"어머~ 저 썅년 시치미 떼는 것 좀 봐. 그런다고 사실이 바뀌는 것도 아닌데. 내가 아는 거 다 말해 줄까? 너네 엄마 경비대장이랑 눈 맞아서 이혼했다며? 너네 아빠는 경비대장 부하고. 또 뭐가 있더라? 아, 맞다. 너네 아빠 눈치가 보여서 너네 엄마랑 경비 대장이 같이 못 사는 거라며? 알고 보면 완전 콩가루 집안이라니까."

"너, 너, 미쳤구나!"

강하연은 분해서 덜덜 떨었다. 10퍼센트의 사실에 90퍼센트의 거짓이 뒤섞여 있지만, 다른 아이들은 모두 사실로 받아들이는 얼굴들이다.

"내 말이 맞는지 아닌지는 이제 곧 알게 될 거야. 오늘부터 배급 지도원 아저씨들이 네 음식 안 가지고 올 거야. 왜냐면 위원회에서 너네 가족에게 자격이 없다고 판정을 내렸거든."

"어머, 정말이야?"

"진짜?"

귀족 모임의 아이들이 눈을 휘둥그렇게 치떴다.

제니가 차갑게 웃으며 답했다.

"후후! 그렇다니까. 배급 시간 됐잖아. 저년한테 배급을 하나 안 하나 보면 알지."

"야! 너!"

강하연이 제니에게 뚜벅뚜벅 다가갔다.

"왜? 먹을 것 좀 달라고 구걸이라도 하게? 너 줄 것 없어 이년아. 너도 너네 엄마처럼 이 남자 저 남자에게 붙어서……."

철썩.

쿠당탕.

제니는 호되게 뺨을 얻어맞고 의자와 함께 나뒹굴었다.

…….

한순간 정적이 교실을 휩쓸었다.

"뭐야! 이 미친년이! 어디서 손찌검이야! 죽어!"

스프링처럼 튀어 오른 제니가 강하연의 머리채를 움켜잡았다.

강하연도 물러서지 않았다.

"너나 죽어! 이 사이코야!"

곧이어 제니와 강하연이 한데 엉켜 바닥을 굴렀다.

"야! 말려!"

귀족 모임의 아이들이 달라붙어 강하연을 뜯어내려고 했다.

하지만 강하연은 죽기 살기로 제니의 머리를 잡고 놓지 않았다.

몇몇 아이들이 욕설과 함께 강하연을 걷어찼다.

그래도 강하연은 요지부동이었다.

"죽여!"

"저년 떼 봐 좀!"

"죽어 이년아!"

"너나 죽어! 못된 년아!"

"야! 잡아! 잡아!"

“그쪽에서 좀 당겨!”

“씨발, 존 나 안 떨어지네!”

6학년 아이들이 벌인 소란에 중고등부 학생들까지 구경을 나왔다.

중고등부 학생들이 다가오자 귀족 모임의 아이들은 차마 강하연에게 손을 쓰지 못했다. 나중에 “여럿이 하나를 때렸다”는 말이 나올까 봐서다.

중고등부 학생들은 학교에서 여왕 행세를 하던 제니와 누군가 피 터지게 싸우자 킬킬거리며 구경하기에 여념이 없었다.

죽기 살기로 싸우던 싸움은 교사들까지 우르르 몰려와서야 끝이 났다.

배급 지도원들이 학교 건물로 들어선 것은 그즈음이었다.

초등부 지도교사인 민지식이 제니와 강하연을 번갈아 바라보았다.

둘 다 몰골이 말이 아니다.

머리는 까치집처럼 헝클어졌고, 옷도 찢어졌다.

제니의 코에서는 코피가 났고, 강하연의 입술도 터졌다.

한숨을 쉬던 민지식이 물었다.

“왜 싸웠어?”

제니가 억울하다는 표정으로 말했다.

"선생님, 저는요, 하연이가 배급 시간에 그냥 앉아 있길래, 우대자 명단에서 네 이름이 빠진 것 같다고 말해 줬거든요. 그랬더니 거짓말하지 말라고 막 소리를 지르면서…… 그래서 싸우게 된 거예요."

민지식의 이마에 주름이 깊어졌다.

그러고 보니 눈앞에 있는 이 작은 소녀는 위원장의 외동딸이었다.

"강하연, 너는 할 말 없어? 왜 싸웠는지 말해 봐."

"……."

강하연은 말하지 않았다.

그저 입술을 악다물고 제니를 노려보기만 했다.

제니가 한 더러운 이야기들을 자신의 입으로 다시 말하고 싶지 않았다.

"하아! 무슨 일인지는 몰라도 친구들끼리 싸우면 안 되지……."

강하연의 분노한 모습에 민지식은 한숨을 내쉬었다.

평소 강하연의 착실한 생활 태도를 보면 상상할 수도 없는 일이다.

하지만 강하연이 말해 주지 않으면, 자신도 도와줄 수가 없다.

상대가 제니라면 더더욱 그렇다.

민지식은 이 문제가 나중에 어른들의 싸움으로 번지지 않도록 정리해야 할 필요를 느꼈다.

"제니야, 우대자에 등록되고 안 되고는 굉장히 중요하고 민감한 일이야. 그걸 네가 어떻게 알게 됐는지 몰라도…… 앞으로는 다른 사람들에게 말하고 다니지 마라. 알겠니?"

"네……."

"그리고 강하연, 친구가 그런 말을 했다고 싸우냐? 너도 갑작스러운 말에 놀랐겠지만…… 우대자 명단에 들어간 사람들은 소수야. 너도 알다시피 대부분의 사람들은 배급에 의존해서 살아가고 있어."

"……."

강하연이 수긍을 하건 말건 민지식은 설교를 늘어놓았다.

"어른들의 싸움 때문에 우리가 얼마나 큰 피해를 입었니? 너희들은 그런 어른들과 달라야 하는 거야. 어떤 일이 있어도 싸움은 안 돼. 알겠니?"

"……."

끝내 강하연이 원하는 대답을 하지 않자 민지식은 버럭 화를 냈다.

"강하연, 너 선생님 말 안 들으면 부모님을 오시라고 할 수밖에 없어."

"……."

그래도 강하연은 입을 열지 않았다.

민지식이 다시 따끔하게 한마디 하려고 할 때다.

아까부터 기다리고 있던 배급 지도원 가운데 한 사람이 조심스럽게 나섰다.

"저어, 선생님, 일단 배급부터 좀 끝냈으면 합니다. 저희가 여기만 배급하는 게 아니라서 말입니다."

"아, 네, 그렇게 하세요."

민지식의 허락이 떨어지자 배급 지도원이 제니에게 다가갔다.

"김제니 양?"

"네."

배급 지도원이 제니에게 비닐 팩에 든 음식을 내밀었다.

제니가 힘차게 비닐 팩을 받았다.

잠시 후 일을 마친 배급 지도원들이 우르르 빠져나갔다.

교실에 있던 사람들은 모두 비닐 팩을 받았다.

제니는 강하연을 힐끔 쳐다보았다.

당연하게도 강하연의 손은 비어 있다.

그런데 강하연은 조금도 부끄러운 표정이 아니다.

제니가 입술을 실룩였다. 아무렇지도 않다는 얼굴로 서 있는 강하연을 보고 있자니 다시 속이 끓었다.

'저년은 뭘 믿고 저렇게 뻔뻔하지?'

한편 민지식은 손에 비닐 팩을 들고 머뭇거리고 있었다. 아직 강하연에게 만족할 만한 대답을 듣지 못한 때문이다. 하지만 빈손으로 서 있는 강하연을 보고 있자니 마음이 무거웠다. 분명히 강하연은 지난주까지 우대자로 배급을 받았다. 무슨 사정이 있는지 몰라도 오늘의 일은 저 아이에게 지워지지 않는 상처로 남을 것이다.

'그래도 어쩔 수 없지…….'

우대자가 되지 못한 것은 강하연뿐이 아니다. 우대자로 배식을 따로 받는 학생은 겨우 이십 명에 불과하다. 나머지 백팔십 명이 강하연과 같은 신세였다.

"아! 강하연, 어서 배식지로 가야지."

뒤늦게 민지식은 강하연이 아무것도 먹지 못했다는 사실을 떠올렸다.

강하연은 민지식에게 꾸벅 인사를 해 보이고 교실 밖으로 타박타박 걸어 나갔다.

그렇게 제니와 강하연의 기세 싸움은 일단락 지어지는 듯했다.

제4화

경비대와 경호대

위원회의 회의실과 의장실은 뉴 갤러리아 백화점 4층에 있다. 경비대를 의식해 그보다 한 층 더 높은 4층에 만든 것이지만, 그것까지 아는 사람은 없었다. 10인의 위원들은 특별한 사안이 있기 전에는 위원회에 나가지 않았다.

하지만 위원장인 김지원은 일이 있든 없든 의장실에 나가 자리를 지켰다.

그러다 보니 김지원을 경호하기 위한 경호대도 상주할 수밖에 없었다.

본래 경호대는 육군 군수사령부 시절부터 김지원을 따라다니던 김지원의 부하들이다. 핵전쟁으로 국가 조직이 해체되자 김지원은 그들을 규합했다. 군수품을 관리하기 위해서는 어느 정도의 무력이 필요했기 때문이다. 부하들 역시 김지원의 지휘를 받는 것에 불만이 없었다. 그를 도와 군수품을 관리하는 게 생존에 유리하다는 걸 잘 알기 때문이다.

김지원은 위원장이 되자 자신의 부대를 경비대처럼 공식 부대로 승격시켰다. 그 뒤로 위원회의 지휘를 받는 경호대는 강남의 실세가 되었다. 경비대가 과거의 경찰처럼 치안 확보에 주력했다면, 경호대는 요인 경호와 배급 지도를 책임졌다. 무력과 식량을 손에 쥔 경호대가 권력의 중심에 서게 된 것은 당연한 일인지도 모른다.

슬슬 주변이 어두워지자 육군 군수사령부에 김지원의 부관으로 있던 경호대장 안영민이 조심스럽게 운을 뗐다.

"장군님, 그만 퇴근하셔야 하지 않겠습니까?"

안영민은 '장군' 이라는 호칭이 입에 배어 좀처럼 고치지 못했다.

군수품과 관계된 기밀 서류를 분류하던 김지원은 그제야 자리에서 일어섰다.

"아, 미안하게 됐군."

"아닙니다. 그런데 뭔가 새로운 것은 알아내셨습니까?"

지난 며칠 동안 김지원은 수방사의 기밀 자료를 수집해 분석하는 작업을 하고 있었다. 서울 근교에 자신이 모르는 군수품 저장 창고가 있는지 알아내기 위해서다.

"아직 없다. 쉽게 찾을 수 있을 거라고 생각하지 않는다."

"그런데 장군님, 식료품 배급이 언제까지 가능한 겁니까?"

보관 중인 군수품의 구체적인 수량을 모르는 안영민으로서는 항상 그게 궁금했다.

"인구가 더 늘어나지 않는다는 전제하에…… 앞으로 일 년 정도면 한계에 도달하게 될 거다."

"일 년 후에는 어떻게 되는 겁니까?"

김지원이 안영민을 무심한 표정으로 바라보았다.

"어떻게 될 것 같은가?"

"잘 모르겠습니다."

"그때까지 식량이 더 확보되지 않으면 주변 도시들을 정리해야 할지도 모른다. 도시를 다 정리하면 그다음은 지방을 정리해야겠지."

"정리라는 말씀은?"

"징발(徵發), 혹은 강탈(强奪)? 앞으로 우리가 해야 할지도 모르는 일이니까, 그보다 더 적당한 표현이 있는지 미리 찾아 두게."

"……."

안영민은 뒤통수를 맞은 표정이다.

“왜? 이상한가?”

“조금 그렇습니다.”

김지원이 피식 웃었다.

“자네는 살고 싶지 않은가?”

“아닙니다. 살고 싶습니다.”

“나도 그래. 강남에 모인 시민들 대부분이 그럴 걸세. 하지만 이 빌어먹을 겨울이 사라지지 않는다면, 모두 얼어 죽거나 굶어 죽을 수밖에 없지. 만약에 말일세. 이 한반도에 마지막까지 생존하는 도시, 혹은 사람이 있다면 말일세. 자네는 그 생존 대열에 끼고 싶지 않은가?”

“그러고 싶습니다.”

“그럼 요행을 바라지 말고 준비를 해야 하는 걸세. 미래를 준비하는 자만이 살아남을 수 있을 테니 말일세. 위원회는 그럴 마음의 준비가 되어 있다네. 위원회의 존재 이유는 강남 시민의 생존을 위해서야. 우리는 무슨 수를 써서라도 마지막까지 살아남기로 결의했지. 자네의 생각은 어떤가?”

“저도 우리의 생존이 최우선 과제라고 생각합니다.”

“그래, 늦게까지 수고했네.”

김지원이 안영민의 어깨를 다독인 후에 문밖으로 걸어 나갔다.

경호대장 안영민과 열 명의 경호대원이 그 뒤를 조용히 따라붙었다.

*　　　*　　　*

김지원이 현관을 들어섰을 때다.

분에 못 이겨 씩씩거리며 황은애(김지원의 처)가 다가왔다.

"아니! 여보! 어떻게 이럴 수가 있어요?"

"왜? 무슨 일인데 그래?"

"우리 제니가 학교에서 맞고 왔어요!"

"맞았다고?"

"그렇다니까요!"

"……."

김지원의 얼굴이 딱딱하게 굳었다.

하나뿐인 딸 제니가 맞고 왔다니? 별을 단 이후로 처음 있는 일이다. 전쟁 전, 제니가 싸워서 학교에 다녀왔다는 말은 몇 번 들었지만 맞았다니?

김지원은 말없이 거실로 이동했다.

그리고 대충 만든 벽난로에 조개탄을 한 삽 퍼서 넣었다.

불길이 조금 오르자 소파에 깊숙이 몸을 던졌다.

"흥분하지 말고 무슨 일인지 찬찬히 설명을 해 봐."

황은애가 제니를 불러 자신의 앞에 세우고 말했다.

"애 얼굴을 봐요. 여자애 얼굴을 이렇게 만들어 놨다니까요!"

김지원의 입에서 한숨이 길게 흘러나왔다.

곱상한 딸의 얼굴은 아닌 게 아니라 엉망이었다. 눈두덩에는 퍼런 멍이 들었고, 콧잔등도 조금 부어 있는 것 같았다.

"여기도 봐요."

황은애가 제니의 턱을 들어 올렸다.

턱 아래 길게 패인 손톱자국이 보였다. 검붉은 피딱지가 붙어 있어서 보기만 해도 마음이 심란했다.

"제니네 반에 강하연이라는 애가 있는데, 그 애가 이렇게 만들었다지 뭐예요!"

"왜? 이유가 있을 거 아냐?"

"강하연이라는 애가 우선 배급 대상자 명단에서 이름이 빠졌는데, 우리 제니가 그걸 알려 줬더니 갑자기 덤벼들었다지 뭐예요."

"강하연?"

잠시 생각하던 김지원이 이내 인상을 찌푸렸다.

왠지 익숙한 이름이다 했더니 경비대장이 부탁하던 애다.

"그런데 선생도 못 쓰겠어. 애가 이렇게 다쳤는데, 강하연이라는 애와 우리 제니를 똑같이 야단쳤다지 뭐예요? 잘못은 그 애가

했는데 왜 우리 제니까지 야단친데요? 우리를 뭐로 보고! 아주 사상이 의심스럽다니까!"

김지원이 제니와 눈을 마주하고 물었다.

"정말이야? 선생님이 너랑 강하연이라는 애를 똑같이 야단쳤어?"

"응, 나한테 왜 그런 말을 함부로 해서 애를 화나게 하냐고 앞으로 조심하랬어."

"선생님이 강하연한테는 뭐랬는데?"

"왜 싸웠냐고 묻기만 했어."

제니는 숨김없이 답했다. 다른 건 몰라도 선생님과의 대화 부분은 사실이었다.

"거봐요! 우리를 아주 형편없는 집안으로 생각하나 봐! 당신 이런 소리를 듣고도 가만히 있을 거예요? 우리 집안이 로열패밀리라며? 뭐 이런 로열패밀리가 다 있어? 당신이 다 먹여 살리고 있잖아요! 그런데 왜 우리가 이런 대접을 받아야 하는 건데? 뭐라고 말 좀 해 봐요!"

"당신은 가만히 좀 있어 봐! 정신 사납게 하지 말고!"

"……."

김지원의 호통에 황은애는 찔끔 놀라 입을 다물었다.

"이리 와봐."

김지원의 부름에 제니가 조심스럽게 다가갔다.

김지원은 딸의 상처를 찬찬히 살폈다.

"아파?"

"처음엔 아팠는데 지금은 안 아파."

"가서 쉬거라."

"응."

제니가 벽난로 끝에 쪼그리고 앉았다.

김지원은 웅크리고 앉아 있는 딸의 모습을 물끄러미 바라보았다.

그런 김지원을 향해 황은애가 물었다.

"어떻게 할 거예요? 내가 내일 학교에 찾아가 봐요?"

"아니, 당신은 모른 척해. 내가 알아서 처리할 테니까."

"알았어요."

김지원의 독기 어린 표정에 황은애는 더 이상 말하지 않았다.

치밀어 오르는 노기를 참지 못한 김지원은 주먹을 쥐었다 펴기를 반복했다.

분명히 제니가 한 말이 사실의 전부일 거라고는 생각하지 않는다. 하지만 어떤 이유라고 해도 제니가 학교에서 저런 대접을 받아서는 안 된다. 전쟁 전의 자신이라면 대범하게 웃고 넘어갔을지도 모른다. 그러나 지금은 아니다. 강남에서 지금 자신의 위치를 생각한다면 있을 수 없는 일이었다.

*　　　*　　　*

이튿날 점심 무렵, 김지원은 경호대를 이끌고 임시 학교로 찾아갔다.

그리고 경호대장 안영민을 시켜 초등부 교실에서 수업 중이던 민지식을 밖으로 불러냈다.

"당신이 민지식 선생이오?"

"그렇습니다."

민지식은 차마 "수업 중인데 왜 부르냐?"고 항의하지 못했다. 자신의 앞에 있는 사람이 위원장 김지원이라는 것을 아는 까닭이다.

"나는 위원장이기 이전에 학부형이기도 하오. 제니의 아빠요."

"예, 알고 있습니다."

순간 민지식의 눈썹이 꿈틀거렸다.

"어제 있었던 불미스러운 일에 대해 들었소. 강하연과 제니를 야단쳤다는데 사실이오?"

"그건 아이들의 교육을 위해서……."

"내가 듣기로 강하연이라는 애가 제니를 먼저 때렸다고 하던데,

그렇다면 제니의 입장에서는 정당방위가 아니오?"

"하지만……."

"그럼 제니가 때리는 걸 맞고만 있어야 했다는 말이오?"

"……죄송합니다."

민지식은 싸움이 왜 일어났는지 알지 못했다. 그러니 김지원의 항의에 어떤 변명도 할 수 없었다.

"민지식 선생, 내가 고작 당신의 사과를 받기 위해 여기까지 왔다고 생각하시오?"

"……."

민지식은 밀려오는 절망감에 눈을 감았다.

고작 당신이란다.

김지원 위원장은 자신을 해고시키려고 하는 것일까?

만약 그렇게 된다면 우선 배급 대상자에서 이름이 빠지게 될 테고, 그건 곧 혹독한 줄서기 경쟁에 내몰리는 것을 의미했다.

하지만 김지원 위원장이 바라는 건 그게 아닌 모양이다.

이어지는 김지원의 말에 민지식은 눈을 번쩍 떴다.

"나는 강하연이라는 애의 부모에게 직접 사과를 받아야겠소. 자식을 잘못 키웠으니, 그 부모가 용서를 구해야 하지 않소?"

"예? 예, 강하연 학생의 부모를 학교로 부르도록 하겠습니다."

"시간이 많지 않으니 서둘러야 할 거요. 그 자리를 지키고 싶다면.”

“예!”

깜짝 놀란 민지식은 부리나케 밖으로 달려갔다.

전화가 먹통이 된 지 오래인지라 소식을 전하려면 직접 만나야 했다.

한참을 정신없이 달리던 민지식은 제 머리를 ‘탁탁’ 치며 다시 제자리로 돌아갔다. 강하연의 집이 어딘지도 모르면서 무작정 뛰고 있었던 것이다.

*　　　*　　　*

“단결.”

박세기가 세 사람을 대표로 경례를 올렸다.

“수고했네.”

박영찬 대장이 만면에 미소를 지으며 복귀한 세 사람을 맞이했다.

“몰골이 말이 아니구먼. 고생 많았지?”

“…….”

박세기는 입을 악다물었다.

살아서 돌아온 게 기적이라고 생각될 만큼 힘든 순간들이 스치고 지나갔다.

거지꼴로 돌아온 박세기와 최명석, 박미나와 눈을 맞추던 박영찬이 빈 의자를 가리켜 보였다.

"일단들 앉지."

"예."

세 사람이 나란히 앉았다.

박영찬 대장은 그들의 맞은편에 앉았다.

그런데 박영찬 대장의 낯빛이 죽을 고생을 하고 돌아온 세 사람보다 더 어두웠다.

"자네들도 소식은 들었을 거야. 강 선생의 가족은 무사히 구출되어 거주 지구에서 생활하고 있다. 자네들에게 연락할 방법이 없어서 무사히 돌아오기만을 기다렸지."

"예. 알고 있습니다."

"그래, 그렇게 됐네. 그런데 미국은 좀 어떻던가?"

"사막화가 진행되어 더 이상 사람이 살 수 없을 것 같았습니다."

"그 정도로 심각한가?"

"예, 미국에 비하면 한국의 형편이 차라리 낫다고 생각될 정도입니다."

"어떤 면에서?"

"한국은 최소한 물이라도 있으니까요."

"흠!"

박영찬 대장의 입에서 무거운 탄식이 흘러나왔다. 눈에 뒤덮인 한국이 낫다고 말할 정도면 어느 정도일지 짐작이 갔다.

"그런데 특무대가 해체됐다면서요? 어떻게 된 일입니까?"

특무대는 박세기가 직접 훈련시킨 부대다. 그러니 왜 그런 일이 벌어졌는지 알고 싶은 눈치였다.

"얼마 전에 시민들이 열 명의 재건정부 위원들을 선출했네. 그 위원회에서 결정한 일이야. 임시정부가 만들어졌으니…… 더 이상 정부 재건을 위한 비밀 작전은 필요 없다고 하더군."

"특무대가 그런 일만 한 것은 아니지 않습니까? 외부의 정보 수집이 주요 임무였는데……."

"명목상 그렇다는 거고, 사실은 나를 견제하기 위해서 해체시킨 거야."

"대장님을요?"

"권력을 다른 사람과 나누지 않겠다는 거겠지."

"아니, 우리 자경단은 군대와 같은 집단인데, 왜?"

박세기는 위원회의 결정을 이해할 수가 없었다. 그거야말로 '군대가 무서워서 해산시켰다.' 는 것과 같은 소리가 아닌가?

"끙! 위원회가 쓸데없이 나를 견제하는 바람에 강 선생만 귀찮

게 됐어.”

“예? 그건 또 무슨 말씀이십니까?”

박세기 뿐 아니라 최명석과 박미나의 입까지 벌어졌다.

“우선 배급 대상자 선정에서 김소연 씨와 하연이를 제외시키겠다고 하더군. 공훈 당사자와 동거 중이 아니라는 이유로 말이야.”

“헐!”

“말도 안 돼.”

“미쳤군요.”

박영찬 대장은 우선 배급 대상자 명단이 갱신되어 시행 중이라는 것을 모르고 있었다. 배급 지도원이 경호대 소속이라 돌아가는 상황을 알 수 없었던 것이다.

오랜만에 한자리에 모인 네 사람이 지난 이야기들을 나누고 있을 때다.

요란한 발자국 소리가 들리는가 싶더니 유희열이 뛰어 들어왔다.

“대장님! 큰일 났습니다!”

“왜? 무슨 일이야!”

박영찬 대장이 놀란 눈으로 유희열을 바라보았다.

강유진을 원거리에서 지켜보라고 붙여 두었던 유희열이다. 그런데 지금 유희열의 얼굴은 하얗게 질려 있었다. 그건 단지 추위 때문만은 아니었다.

유희열은 거의 공황 상태에 빠진 얼굴이었다.

"경호대가 강 선생님을 연행해 갔습니다!"

"뭐라고! 그게 무슨 소리야! 경호대가 왜 강 선생을 연행해?"

대경실색한 박영찬 대장이 자리에서 벌떡 일어섰다.

"그게…… 그 미친놈들이 강 선생님을 학교로 데리고 간다고 했습니다!"

"학교로?"

순간 박영찬은 강하연을 떠올렸다. 경호대가 왜 그런 짓을 하고 있는지 몰라도 틀림없이 강하연과 관계되었을 것이다.

"학교 일에 왜 경호대가 나섰데?"

"위원장이 직접 경호대를 데리고 학교로 찾아갈 정도의 일이 생겼다는 것 밖에는 모르겠습니다."

"뭐? 위원장이 경호대를 동원해? 미친놈!"

참지 못한 박영찬 대장의 입에서 욕이 터져 나왔다. 학교 일에 공권력이라고 할 수 있는 경호대를 동원했다는 사실이 믿어지지 않았다.

"박세기, 경비대 무장시켜서 다 끌고 와!"

"예!"

"현장에 투입된 인원을 제외하고 싹 다 동원해! 경호대 병신들이 다른 생각하지 못하도록 초반에 기선을 제압해야 돼!"

"알겠습니다!"

"김지원 이 정신 나간 새끼…… 내가 그렇게 당부를 했건만……."

박영찬은 김지원 위원장의 행동에 이를 갈았다.

한편으로 그동안 위원회의 눈치를 너무 봤다는 자책까지 든다.

* * *

김지원이 오연한 얼굴로 머리 숙인 김소연을 바라보았다.

선생인 민지식이 여자를 데리러 가는 것에 만족하지 않았다. 솔직히 여자보다는 강하연의 아빠라는 남자를 무릎 꿇리고 싶었다. 강하연이라는 애가 감히 제니에게 상처를 입힐 수 있었던 것은 평소 부모의 백을 믿었기 때문이다. 그리고 아빠라는 남자의 뒤에는 박영찬 대장이 있다. 이번 일은 결국 우선 배급 대상자 선정으로 야기된 박영찬 대장과 자신의 2차전인 셈이다.

아니나 다를까?

김소연은 불려오자마자 "죄송하게 됐습니다."라고 머리를 숙였다.

누가 봐도 권력의 실세 앞에서 주눅이 든 모습이다. 그녀는 행여나 이번 일로 강남의 거주 지구에서 쫓겨나지 않을까 걱정하는 것 같았다.

하지만 지금 김지원이 원하는 것은 무능력한 여자의 뻔한 사과가 아니다.

박영찬 대장과 연관이 있는 남자가 잘못했다고 빌어야 한다.

굳이 경호대까지 동원한 것은 그걸 보기 위해서였다.

강유진은 M16을 둘러멘 경호대원 두 명과 함께 걷고 있었다.

멀리 학교로 사용 중인 반파된 빌딩이 보이자 뒤쪽에 있던 남자가 강유진에게 바싹 다가갔다.

“박영찬 대장과 알고 지낸다고 들었소. 그거 믿고 깝치다가 후회하지 말고 요령껏 행동하쇼. 위원장님에게 찍혀서 좋을 거 없으니까. 알겠소?”

“그런데 무슨 일로 이러는지 이유나 좀 압시다.”

“당신 잘못을 내가 어떻게 알아?”

“훗.”

강유진은 그만 웃고 말았다.

“이 새끼가 죽으려고…….”

충고하던 남자, 이충식은 M16의 개머리판으로 강유진을 후려

치려고 했다. 그러나 차마 그러지 못했다. 사람들이 목을 길게 빼고 구경하고 있었기 때문이다.

경호대원들은 강유진을 김지원 위원장의 앞에 데려다 놓고 한 걸음 물러섰다.

건물의 창틀 자리마다 학생과 교사들의 머리로 가득했다.

강유진은 한쪽에 어쩔 줄 모르는 얼굴로 서 있는 김소연을 바라보았다.

김소연은 차마 강유진과 시선을 마주치지 못했다. 설마 이런 일로 강유진까지 끌고 올 줄 몰랐던 터라 머릿속은 백지처럼 비어 있었다.

주변을 둘러보던 강유진이 가볍게 혀를 찼다.

"쯧……."

기대와 다른 강유진의 태도를 김지원은 자신의 권위에 대한 도전으로 받아들였다.

김지원의 음성이 싸늘해졌다.

"당신이 강유진이오?"

"그렇습니다. 그런데 당신은 누구며, 무슨 일로 나를 여기까지 불러낸 겁니까?"

"나는 김지원이라는 사람이오."

"아, 김지원 씨, 무슨 용무로 나를 보자고 한 겁니까?"

순간 김지원의 인상이 일그러졌다.

“뭐? 김지원 씨? 이 새끼가 죽고 싶어 환장을 했군. 누구 앞이라고 감히…….”

그러나 흥분한 김지원의 말은 채 이어지지 못했다.

“사설은 됐고. 나를 부른 이유나 말해 봐.”

상대의 욕설에 강유진의 말도 덩달아 짧아졌다.

김지원은 애써 노기를 가라앉혔다.

부모에게 사과를 받겠다는 생각은 사라진지 오래다. 죽이지는 않더라도 최소한 병신까지는 만들어야 속이 풀릴 것 같았다.

“좋아, 우리 계산은 나중에 하도록 하지. 먼저 선생의 말을 들어라.”

김지원이 강아지를 부르듯 민지식을 향해 손끝을 까딱였다.

“…….”

민지식은 화살이 자신에게 돌아오자 머뭇거렸다.

이 분위기는 아무리 봐도 학부모 간의 언쟁이 아니다.

누구 하나 피를 봐야 끝날 일이라고 생각하자 심장이 벌렁거렸다.

“저어, 그, 그러니까 어제…….”

분위기에 바짝 쪼그라든 건 사실이지만 그래도 민지식은 교사다. 그는 더듬거리면서도 어제 벌어졌던 아이들의 싸움에 대해 열

심히 설명했다.

"……그런 일이 있었던 겁니다. 그리고 위원장님, 제가 어제 제니를 나무란 건 백번 생각해도 잘못한 것이었습니다. 아무쪼록 넓은 마음으로 용서해 주시기 바랍니다."

민지식은 허리를 구부릴 수 있는 만큼 굽혀 용서를 구했다.

만족한 얼굴로 듣고 있던 김지원이 입을 열었다.

"저쪽에 당신 전처는 딸자식을 잘못 가르쳐서 미안하다고 사죄하더군. 강유진 씨, 나는 학부모의 한 사람으로 당신의 말도 들어보고 싶은데."

"……."

묵묵히 듣고 있던 강유진이 학생들 쪽으로 고개를 돌렸다.

초등부 아이들 사이에 뚱한 얼굴로 서 있는 하연이가 보인다. 뭔가 단단히 맺혀 있는 얼굴이다.

강유진은 그런 딸의 얼굴을 보며 빙그레 웃었다.

고집스러워 보이는 표정 속에서 자신의 어린 시절 모습을 발견한 것이다. 자신도 고집이 세서 부모님 속을 꽤나 썩였었다

"하연아, 이리 와 봐."

"……."

아빠의 부름에 하연이 터벅터벅 다가왔다.

"선생님한테 왜 싸웠는지 말하지 않았다면서?"

끄덕끄덕.

"말하고 싶지 않아도, 꼭 말해야 할 때가 있는 거야. 왜냐하면 그래야 상이든 벌이든 공정하게 줄 수 있기 때문이지. 생각해 봐. 하연이가 당한 일을 말해 주지 않으면, 아빠가 한 대만 맞아도 되는 사람을 열 대 때릴 수도 있고, 백 대 정도 맞아야 하는 사람을 한 대만 때릴 수도 있잖아. 알겠어?"

강유진이 한쪽 눈을 찡긋해 보였다.

그제야 강하연은 자신의 앞에 있는 아빠가 어떤 사람인지 기억해 냈다. 아빠는 위원장보다 백배는 더 무서운 사람이었다.

혼탁하게 가라앉아 있던 하연의 눈에 생기가 돌았다.

"제니가…… 엄마가 경비대 대장 아저씨한테 꼬리를 쳐서 내가 '우대자'에 선정됐던 거랬어. 그리고 엄마가 경비대장 아저씨랑 눈이 맞아서 이혼했다고도 했고. 경비대장 아저씨가 아빠 눈치를 보느라고 엄마랑 같이 못 산대. 그런 거짓말을 듣고 어떻게 참아? 그래서 싸웠어."

"……."

김지원은 듣지 못한 척 딴청을 했다.

듣고 보니 제니가 엄마 아빠가 하는 말을 주워듣고 학교에 가서 터뜨렸던 모양이다.

강유진이 고개를 주억거렸다.

"그랬구나. 그래서 싸운 거였구나. 입술은 그때 다친 거야?"

"응."

하연의 머리를 쓰다듬던 강유진이 돌연 아이들을 향해 소리쳤다.

"제니가 누구냐?"

아이들에게 둘러 싸여 있던 제니가 주변의 눈치를 살피며 쭈뼛쭈뼛 걸어 나왔다.

"거, 거짓말이에요! 나는 그냥 우대자에서 이름이 빠졌다고만 했어요!"

"……."

제니의 말에 김지원의 안색이 조금 밝아졌다.

물론 자기 딸이지만 솔직히 제니의 말은 믿어지지 않는다. 지난 며칠간 집에서 나눈 대화가 하연이라는 애의 말속에 녹아 있었기 때문이다.

'지금은 그런 걸 탓할 때가 아니지…….'

제니는 언제라도 알아듣기 쉽게 잘 타이르면 된다.

"후후! 그 아비에 그 딸이로군. 우리 제니의 얼굴에 상처를 냈을 뿐 아니라, 거짓말까지 하다니! 그건 모두 부모가 잘못 가르친 탓이야. 어쩌면 아빠 없이 자라서 그런 건지도 모르지. 둘 다가 원인일 수도 있고…… 이제 어떻게 할 건가?"

김지원이 능글맞은 표정으로 강유진을 바라보았다.
"참고로 말해 주지. 경비대장의 백이 나에게도 통할 거라고는 생각하지 마라. 나는 시민의 대표이자, 강남의 최고 통수권자야! 참고로 너에게는 안 된 일이지만 학연, 지연, 혈연 따위의 인맥을 아주 혐오하는 사람이기도 하지."
"다 지껄였나?"
…….
강유진의 말에 주위는 일순간 고요해졌다.
화가 치밀어 오른 경호대장 안영민이 막 욕설을 터뜨리려고 할 때다.
타타타타탓.
멀리서 수십 명의 경비대원들이 미친 듯 달려왔다.
"선두 제자리!"
척척.
경비대는 박세기의 지휘에 따라 일사불란한 움직임을 보였다.
잠시 숨을 고른 박세기가 짧게 소리쳤다.
"위치로!"
"위치로!"
경비대원들이 명령을 복창하며 주변으로 흩어졌다.
경비대원들은 눈 깜짝할 사이에 열 명의 경호대와 김지원 위원장을 포위했다.

당황한 경호대장 안영민이 황급히 김지원 위원장의 곁으로 다가갔다.

김지원 위원장이 불쾌한 표정으로 박세기를 바라보았다.

"자네 뭐 하는 짓인가! 내가 누군지 알고!"

"알고 있습니다! 김지원 위원장님, 잠시만 기다려 주십시오! 박영찬 대장님께서 곧 오실 것입니다!"

"야! 이 새끼야! 나 김지원이야! 박영찬이가 이러라고 시켰어? 이 새끼들아! 시민주권의 정신을 너희가 반대하겠다는 거야?"

그러나 박세기는 눈도 꿈쩍하지 않았다.

김지원은 분해서 부들부들 떨었지만 참아야 했다. 경호대는 열 명에 불과한데 경비대원들은 오십 명이 넘어 보였다.

'이 새끼들 작정하고 왔구나!'

완전무장을 하고 달려오다니? 까딱 잘못하다가는 유혈사태로 번질 수도 있는 상황이었다.

사태의 긴박함 때문일까? 아무도 입을 열지 않았다.

곧이어 박영찬 대장이 달려 왔다.

"박영찬 경비대장! 지금 이게 무슨 짓이오!"

김지원이 버럭 소리를 질렀다.

그러나 박영찬 대장은 김지원을 지나쳐 강유진의 앞에 섰다.

"강 선생님, 부디 참아 주십시오! 제가 해결할 수 있습니다."

…….

긴장한 눈으로 사태를 지켜보던 시민과 학생, 교사의 입이 쩍 벌어졌다.

그들로서는 지금 보이는 박영찬 대장의 행동을 이해할 수가 없었다.

사람들의 시선이 이번에는 하연이의 아빠에게로 향했다.

강유진은 무심한 눈으로 박영찬 대장을 바라보았다.

"미안합니다."

강유진의 음성은 담담했다.

그러나 박영찬은 그 속에 담긴 분노를 읽을 수 있었다.

짧은 시간 동안 김지원 위원장과 무슨 일이 있었던 것일까?

박영찬은 짧게 목례를 하고 한 걸음 물러섰다.

강유진이 천천히 박영찬 대장을 스쳐 지나갔다.

박영찬 대장은 한껏 굳은 얼굴로 강유진의 뒤를 따랐다.

강유진은 망설임 없이 김지원 위원장의 코앞까지 뚜벅뚜벅 걸어갔다.

김지원 위원장의 얼굴은 한 것 일그러진 상태였다.

최소한 강남에서는 무소불위(無所不爲)의 힘을 가진 자신이 왜 이렇게 무시를 당해야 하는지 알 수 없었다.

강유진이 김지원의 곁에 서 있는 여자아이를 향해 허리를 숙였다.

"제니라고 했니?"

"그런데, 왜요?"

"들어 보렴. 전쟁 전에 대부분의 나라에서는 어린아이들이 큰 잘못을 저지르면 그 아이의 부모에게 책임을 묻곤 했어. 너도 들어 본 적 있지?"

"네."

"너의 아빠가 나와 저 아줌마를 불러낸 것도 그런 이유에서야. 하연이가 잘못했다고 생각해서, 부모인 우리에게 책임을 물으려고 한 거지."

"그, 그래서 어쩌라고요? 난 잘못한 거 없어요."

강유진이 빙그레 웃었다.

"그래, 너는 잘못한 게 없을지도 몰라. 그런데 너의 엄마와 아빠는 잘못한 게 아주 많아."

강유진의 묘한 박력에 숨죽이고 있던 김지원이 참지 못하고 나섰다.

"그만해! 어린 애한테 무슨 헛소리야! 그리고 박영찬 대장, 당신 실수하는 거야! 나는 이번 일을 절대 묵과하지 않을 거야! 당신

옷 벗을 준비해 둬! 박세기 씨! 당신도 마찬가지야! 당신들 모두 공훈자 명단에서 이름을 삭제할 거야! 알아? 빌어먹을, 각오들 하고 있으라고!"

그러나 박영찬은 물론 박세기조차 눈도 깜짝하지 않았다.

그들에게 있어 김지원은 하룻강아지보다 못한 존재였다. 오히려 강유진이라는 호랑이를 알지 못하는 김지원이 불쌍해 보이기까지 했다.

강유진이 허리를 곧게 세웠다.

"너희 엄마 아빠가 무슨 잘못을 했는지 알려 줄게. 너희 아빠는 고작 아이들이 학교에서 싸운 시시한 일에 공권력을 동원했어. 부하들을 시켜서 나를 강제로 끌고 왔거든. 이건 아주 잘못된 일이야. 힘을 가진 사람은 그 힘을 공정하게 사용해야 하거든. 그러지 않으면 세상이 혼탁해져. 왜냐면 너희 아빠보다 더 강한 힘을 가진 사람이 나타나면……."

강유진이 말을 끊었다.

제니와 주변에 있던 모든 사람들이 강유진의 입에 주목했다.

"이렇게 될 수가 있거든."

철썩.

김지원의 얼굴이 한쪽으로 돌아갔다.

놀란 경호대장 안영민은 권총을 뽑아 들었다.

하지만 박세기가 더 빨랐다.

척.

박세기가 애지중지하는 글록이 안영민의 볼에 닿았다.

"움직이지 마. 눈썹 하나만 까딱여도 죽는다."

"헉……."

"조준."

박세기의 명이 떨어지자 경비대원들의 총구가 일제히 경호대원을 향했다.

"경호대는 아무도 움직이지 마라! 이건 실제상황이다! 장난도 아니고, 연습도 아니다! 너희가 움직이면 우리는 쏠 수밖에 없다!"

"……."

압도적으로 많은 경비대원의 총구 앞에서 경호대는 꽁꽁 얼어붙었다.

갑자기 뺨을 얻어맞은 김지원이 눈을 부릅뜨고 소리쳤다.

"뭐, 뭐야! 이 새끼 뭐냐고!"

철썩, 철썩, 철썩.

강유진은 무심한 표정으로 손을 휘둘렀다.

그럴 때마다 요란한 소리와 함께 김지원의 얼굴이 좌우로 흔들렸다.

김지원의 입과 코에서 피가 튀었다.

"크윽! 그, 그만!"

김지원은 수치심과 고통으로 미칠 것만 같았다.

제니의 울부짖음이 더 가슴을 찢었다.

그래도 강유진의 손은 멈추지 않았다.

영원히 계속될 것 같던 손질은 하연이 강유진의 팔을 잡자 비로소 멈추었다.

"아빠…… 그만……."

강유진이 시선을 멀리 던졌다.

추한 인간이 싫었다. 그런 인간에게 손질을 하는 자신도 마음에 들지 않았다.

생각에 잠신 강유진이 우두커니 서 있을 때다.

다시 일단의 사람들이 몰려왔다.

소식을 듣고 달려온 시민에 의해 선출된 위원들과 재건정부의 요인들이었다.

재건정부니 위원회니 하지만 모두가 손바닥만 한 땅에서 일어난 일이다. 소문만큼이나 한자리에 모이는 것도 빨랐다.

제5화

모세와 대천사 가브리엘

위원들과 정부 요인들은 이해할 수 없는 상황에 서로의 눈치만 살폈다.

그중 가장 먼저 움직인 사람은 임지연이다.

에너지 재생의 연구를 하다가 한걸음에 달려온 임지연은 다짜고짜 김지원에게 다가가 소리쳤다.

“당신 지금 무슨 짓을 벌인 거야! 강 선생님이 어떤 분인지나 알아? 당신 같은 사람은 강 선생님의 발가락 때만도 못해! 아니, 강 선생님 발가락의 때도 당신보다 훌륭해! 완장 하나 차니까 세상이 다 당신 것처럼 보여? 나이를 먹었으면 나잇값을 해야지!”

…….

경비대장 박영찬이 등장했을 때 받은 충격의 백배쯤 되는 충격이 사람들을 휩쓸고 지나갔다.

임지연 박사가 누군가!

전쟁 전에는 한국이 배출한 최고의 과학자였고, 지금은 생존한 최고의 과학자로 인정받고 있는 사람이다. 임지연 박사의 앞에서는 정부 요인은 물론 위원회까지 양보한다는 말이 있다. 하지만 임지연 박사는 조용하고 겸손한 성품으로 사람들 앞에 여간해서는 나서지 않았다.

그런 임지연 박사가 달려와 김지원 위원장에게 폭언을 퍼붓고 있는 것이다.

사람들은 박영찬 대장의 이해 못 할 행동에 놀랐다가, 지금 임지연 박사의 폭언에—한때 유행하던 말 그대로—맨탈(mental)이 붕괴했다.

재건정부의 요인들과 위원들은 박영찬 대장과 임지연 박사의 눈치만 살폈다.

박영찬 대장은 강남을 지탱하는 힘이고, 임지연 박사는 문명의 미래 그 자체인 까닭이다.

무엇보다 가장 충격을 받은 사람은 김지원 위원장이다.

정부 요인과 위원들이 달려오는 것을 보았을 때만 해도 사태를 역전시켜서 박영찬과 강유진을 추방할 생각이었다.

그런데 미친년처럼 달려와 욕을 퍼붓는 임지연 박사 때문에 그건 꿈도 꿀 수 없게 되어 버렸다.

'강유진이 누구길래? 왜?'

넋 나간 표정으로 서 있는 김지원에게 부위원장이 다가갔다.

김지원이 원통하다는 듯 애절한 눈빛으로 부위원장을 바라보았다.

부위원장 이현도는 예비역 공군 중장으로 전쟁 전에는 방위 사업체를 운영하기도 했던 유명한 사업가다. 그가 운영하던 현도전자는 신형 자주포의 전자제어 관련 부품을 생산했다. 지금은 예비역 장성들의 친목 모임인 은하수의 회장이자 김지원의 든든한 후원자이기도 하다.

하지만 정작 이현도의 관심은 다른 곳에 있었다.

'응? 눈에 익은 얼굴인데…….'

이현도는 구경꾼들 속에 서 있는 한 중년 남자의 얼굴을 자꾸만 힐끔거렸다.

최근에 본 사람 같은데 누군지 가물가물했다.

그러다 남자와 정면으로 눈이 마주친 순간이다.

이현도는 머릿속에서 '꽝' 하고 천둥 치는 소리를 들었다.

동시에 마치 둑이라도 터진 듯, 그간 잊고 있던 일들이 기억 저편에서 한꺼번에 튀어나왔다.

"헉! 모세……."

아시아 전쟁이 끝날 무렵, 가족들의 등살에 못 이겨 유럽행을 결심한 적이 있다.

지상낙원이라는 현란한 광고는 믿지 않았지만 최소한 한반도보다는 나을 거라는 믿음으로 이민을 생각한 것이다.

페로제도의 수용 시설에 도착해서야 그것이 얼마나 허구였는지 알게 되었다.

사실 페로제도는 아시아인들의 공동묘지였다.

때마침 중년의 한국 남자가 나타나지 않았다면, 자신도 한 줌 재로 사라졌을 것이다.

행운의 여신은 퇴역 장성인 자신의 수명을 조금 더 연장시켜 줬다.

자신뿐 아니라 자신과 동행한 처와 삼남 일녀의 자식들까지도.

이지적으로 생긴 얼굴과 달리 그의 우렁우렁한 연설은, 포기에 익숙해져 있던 심장을 뜨겁게 달구었다.

살기와 분노로 번득이던 흑요석 같은 그의 눈동자와 차갑게 빛나던 K5권총을 생각하면, 주체할 수 없을 정도로 몸이 떨려 온다.

요즘도 힘든 날이면 페로제도에 갇혀 온몸이 갈기갈기 찢겨 나가는 악몽을 꾸곤 한다. 그 끔찍한 악몽을 깨워 주는 건 모세와 같은 그 남자의 음성과 눈빛이다. 그가 아니었다면 페로제도의 트라우마에 잠식당해 미쳤을지도 모른다. 수용소의 지하에 펼쳐져 있던 참상은 영혼에 화인(火印)처럼 박혀 지워지지 않으니 말이다.

그리고 또 한 사람의 얼굴.

그는 무저갱 같은 어둠 속에서 기어 올라왔다.

그가 정확하게 무슨 일을 했는지는 모른다. 그러나 그의 앞에 모세처럼 투사들을 이끌던 희대의 영웅이 머리를 조아렸다.

그때까지만 해도 모세와 같은 남자의 행동을 이해할 수 없었다.

투쟁이 끝나자 이번에는 페로제도의 군대가 수용 시설을 포위하고 출입을 통제했다.

그 뒤로 사흘쯤 지나서다.

물갈이의 후유증으로 밤늦게까지 설사에 시달리던 시간이 있었다.

몸도 마음도 지쳐 떠나온 고향을 그리워하며 발길 닿는 대로 헤매고 다니던 때다.

우연히 모세와 무저갱에서 올라온 남자가 수용 시설의 정문으로 걸어가는 것을 목격했다.

두 남자는 달빛을 받으며 산책이라도 하는 것처럼 보였다.

그러나 무저갱에서 올라온 남자의 손짓에 몇 톤은 됨 직한 강철

대문이 떨어져 나갔다!

탱크가 공깃돌처럼 나뒹굴었으며!

30대가 넘는 아파치 헬리콥터가 땅에 처박혔다!

그는 아시아를 구원하기 위해 내려온 대천사 가브리엘이었을 게다.

날이 밝자 페로제도의 총리가 직접 수용 시설의 문을 열어 주었다.

페로제도의 총리는 친절하게도 비행기까지 제공했다.

그렇게 생존자들은 각자의 나라로 돌아갔다.

다른 사람들은 페로제도의 총리를 칭송했지만, 자신은 알고 있었다.

탱크까지 동원해 진압하려던 페로제도의 총리가 왜 마음을 바꾸었는지를 말이다.

그 뒤로 모세와 대천사 가브리엘을 만난 적은 없다.

그런데 지금 그 모세가 10미터 밖 군중 속에 서 있었다. 난민들의 야유와 페로제도의 강한 바람 속에도 오연히 서 있던 첫 모습 그대로였다.

그때와 달라진 거라면 눈이 훨씬 부드러워졌다는 정도다.

모세의 눈은 한 남자의 등에 고정되어 있었다.

김지원의 앞에 서 있는 남자, 그가 바로 이 소동의 주인공인 강유진이리라.

이현도는 잠시 망설이지 않을 수 없었다.

자신이 후원하던 김지원과 모세가 관심을 보이고 있는 강유진의 충돌이다.

'누구의 편에 서야 하나?'

이현도의 고민은 오래가지 않았다.

천주교인은 하느님의 편에 서기 위해 노력해야 한다.

그리고 하느님은 아시아를 구원하기 위해 모세와 가브리엘을 보냈다. 처음부터 고민이고 뭐고 할 이유가 없는 문제였다.

마음을 굳힌 이현도를 향해 김지원이 절규했다.

"부위원장님, 위원장인 제가 이런 대접을 받아야 하는 겁니까? 저는 시민이 선출한 시민의 대표가 아닙니까! 그런데 박영찬 대장이 무력으로 저를 억압하고, 그의 부하는 저를 폭행하고 있습니다! 도의(道義)가 땅에 떨어진 시대라고 하지만, 이래서는 안 되는 것 아닙니까?"

"끙……."

이현도의 입에서 앓는 소리가 흘러나왔다.

마음을 정했지만 막상 김지원의 애절한 소리를 들으니 마음이 흔들렸다.

위원들도 하나둘씩 굳은 표정으로 모여들었다.

아직은 임지연 박사 때문에 참고 있지만 언제 터질지 모른다. 선출된 시민의 대표라는 자부심으로 똘똘 뭉친 사람들인 까닭이다.

갑자기 만사가 귀찮아진 강유진은 하연의 손을 꽉 잡았다.

그리고 막 떠나가려다가 갑자기 생각난 듯 말했다.

"김지원 씨, 잘 들으시오. 하연이가 우선 지급 대상자가 된 건 당신의 말처럼 하연이 엄마가 박영찬 대장에게 꼬리를 쳐서 가능했던 게 아니오. 하연이 엄마가 박영찬 대장과 눈이 맞아서 이혼을 한 것도 아니고…… 다시 한 번 그따위 유언비어를 입에 올리면……."

강유진이 김지원 쪽으로 상체를 기울였다. 그리고 나직이 속삭였다.

"너는 죽는다."

"……."

강유진의 몸에서 풍겨 오는 살기에 김지원은 입도 뻥긋하지 못했다.

경호대장 안영민이 강유진의 말에 발끈해서 소리쳤다.

"야! 이 새끼야! 백주대낮에 감히 장군님을 협박해? 네놈이 그러고도 무사할 것 같아? 잘난 경비대 백을 믿고 그러나 본데, 얼마나 오래가나 두고 보자! 너는 내 손에 죽는다. 씨발놈아!"

순간 박세기가 글록을 든 손으로 안영민의 뒤통수를 후려쳤다.

"윽!"

외마디 신음과 함께 안영민이 정신을 잃고 쓰러졌다.

사람들의 시선이 집중되자 박세기가 멋쩍은 표정으로 중얼거렸다.

"애들 보는데 그렇게 욕을 하면 안 되지……."

김지원은 허탈한 표정으로 안영민을 내려다보았다.

위원들이 보는 앞에서 경호대장이 맞아서 정신을 잃었다. 이건 위원회에 대한 도전이며, 시민사회를 부정하는 반민주적인 행위였다.

"부위원장님, 아니, 이 장군님!"

김지원은 피 끓는 심정으로 이현도를 불렀다.

머리가 욱신거리자 이현도는 이마를 움켜잡았다. 그리고 신경질적으로 흔들어 댔다.

강유진의 말을 들으니 김지원이 못 할 소리를 했다. 그래도 위원들과 재건정부 요인들 앞에서 위원장을 협박하고, 경호대장까지 폭행한 것은 도가 지나쳤다.

김지원 위원장은 단순한 시민의 대표가 아니다. 그는 예비역 장성으로 과거와 현재의 군대를 상징하는 인물이기도 했다.

이현도가 이러지도 저러지도 못해 속을 끓이고 있을 때다.

그 자리에 '더 이상 남아 있을 이유가 없다' 고 생각한 강유진은 임지연에게 눈인사를 건넨 후 한쪽으로 걸어갔다.

안상혁은 강유진이 다가오자 짧게 목례를 해 보였다.

"가자."

말과 함께 강유진이 한 손으로 안상혁의 어깨를 툭 쳤다.

"예."

안상혁이 강유진의 곁에 서서 보조를 맞추었다.

눈을 부릅뜨고 김지원 위원장을 째려보던 임지연이 재빨리 두 남자의 뒤를 따라갔다.

그렇게 불꽃처럼 타오르던 분쟁은 일단 정리되는 듯했다.

무심코 두 남자가 걸어가는 모습을 보고 있던 이현도의 눈이 부릅떠졌다.

'대천사 가브리엘?'

그랬다.

나란히 걸어가는 저 두 남자의 뒷모습은 페로제도에서 보았던 모세와 대천사 가브리엘의 것이었다.

지금까지 누구에게도 말하지 못했던 이야기의 주인공들이 저곳에 있었던 것이다.

'아아!'

그제야 박영찬 대장과 박세기의 터무니없는 행동이 이해되었다. 자신이라도 그렇게 했을 것이다. 아니, 어쩌면 그보다 더 혹독하게 했을지도 모른다.

다음 순간 이현도의 얼굴이 하얗게 질려 갔다.

조금 전에 강유진, 대천사 가브리엘의 말이 생각났던 것이다.

'저 미친 새끼! 그분의 가족들에게 무슨 짓을 한 거야?'

벌렁거리는 심장을 애써 진정시킨 이현도는 가장 가까이에 서 있는 교사에게 성큼성큼 다가갔다.

"선생, 지금까지 이곳에서 있었던 일을 가감 없이 말해 주시오."

"하아! 그러니까 말입니다."

아까부터 부지런히 눈치를 살피고 있던 민지식이 거의 자포자기한 얼굴로 입을 열었다.

조금 전과 달리 이번에는 제니와 강하연의 이야기를 골고루 전했다.

민지식의 말이 끝나기가 무섭게 김지원 위원장은 "제니는 그런 말을 한 적이 없다지 않나!"라고 소리쳤다.

이현도가 김지원 위원장을 향해 빠른 걸음으로 다가갔다.

그리고 다짜고짜 김지원의 조인트를 깠다.

퍽!

"야! 이 개만도 못한 자식아! 네놈이 그러고도 별을 달았어? 너 같은 놈은 군인도 아니야! 네놈이 오늘 무슨 짓을 했는지 아나! 너는 우리 모두를 멸망시키려고 지옥에서 올라온 악마야! 악마!"

퍽, 퍽, 퍽.

김지원은 이를 악물고 발길질을 참아 냈다.

별을 단 이후로 처음 있는 일이다.

김지원은 차라리 정신을 잃고 있는 안영민이 부러웠다.

이현도가 펄펄 날뛴 것을 끝으로 모든 일은 흐지부지 끝이 났다.

이튿날 김지원은 위원장직을 사임했다.

경호대는 해체를 선언하고, 김지원 부대로 이름을 바꾸었다.

김지원은 초기에 그랬던 것처럼 일정한 양의 전투식량을 제공하고 조용히 뒤로 빠졌다.

사람들은 김지원이 절대 이대로 끝낼 사람이 아니라고 수군거렸다.

하지만 김지원은 더 이상 사람들 앞에 모습을 드러내지 않았다.

김지원에 대해 궁금한 것만큼이나 사람들은 강유진에 대해서도 알고 싶어 했다.

한 개인이 강남 최고의 실세였던 위원장을 폭행하는가 하면, 경비대가 그런 그를 위해 총을 들고 일어섰고, 천사 같은 임지연 박사가 위원장에게 욕을 퍼부었다. 이해할 수 없는 일의 절정은 예비역 장성들의 대표가 어제까지의 동지였던 위원장의 조인트를 깠다는 사실이다.

이 모두가 강유진이라는 한 개인이, 혹은 한 개인을 위해 벌인 일이었다.

하지만 강유진의 진실한 정체는 여전히 오리무중(五里霧中)이었다.

출처를 확인할 수 없는 뜬소문에 따르면 그는 대천사 가브리엘이기도 하다. 왜 그가 대천사 가브리엘인지에 대한 설명은 없이 말이다.

* * *

"발키리 작전—히틀러 암살 작전—은 어디까지 진행됐나?"

김지원의 물음에 안영민이 굳은 얼굴로 답했다.

"신세기와 핵폭탄 쪽에서는 제안을 받아들였습니다."

"피바다는?"

"우리를 믿지 못하겠다고 거절했습니다. 자신들을 제거하기 위한 작전이라며 씨도 안 먹히는 소리는 하지도 말랍니다."

"어리석은 새끼들……."

김지원의 안면이 한 차례 실룩거렸다.

"그래도 나쁘지 않은 결과로군."

"그렇습니다."

김지원은 애써 밝은 표정을 지어 보였다. 서울의 3대 강도단 가운데 두 곳이 거들어 주기로 했다면 성공적이라고 할 수 있었다.

"그놈에 대해서 더 알아낸 게 있나?"

그놈은 물론 강유진이다.

안영민이 곤혹스럽다는 듯 인상을 찡그렸다.

"그게, 놈에 대해서는 두 가지 설이 있습니다."

"두 가지?"

"예, 하나는 경비대장 박영찬이 전략상의 이유로 그를 띄워준 거라는 겁니다. 경비대와 경호대 간의 알력에서 자신이 직접 나서면 모양새가 좀 보기 안 좋으니까, 제삼자인 강유진이라는 놈을 앞세워서 우리 경호대를 밟은 거라고 합니다. 실제로 과거 고위직을 지냈던 사람들이나 수방사 출신의 장교들은 그를 알지 못했습니다. 한마디로 갑자기 튀어나온 '듣보잡' 인 셈이죠."

"듣보잡에게 박영찬이 그렇게 굽실거리나?"

"경비대장이 그를 어려워하는 것처럼 보인 것은 페이크(fake)일 거라고 합니다."

"페이크?"

"예, 우리 측을 혼란에 빠뜨리기 위한 기만전술인 셈입니다."

"흠! 그럼 다른 하나는?"

"임지연 박사가 그날 입에 거품을 물고 우리를 비난한 것으로 보아 그에게 뭔가 있다고 믿는 사람도 적지 않습니다. 국정원 출신의 특무대는 그의 이름조차 입에 올리려 하지 않습니다. 목격자들에 의하면 그를 지칭할 때 선생님이라고 한답니다. 그런 점으로 보아 뭔가 대단한 비밀을 가지고 있는 사람이라는 소문이 떠돌고 있습니다."

김지원의 얼굴이 일그러졌다.

"흥, 대단한 비밀? 웃기고 있네."

"그에 대해 알고 있는 것이라도 있으십니까?"

"그놈은 사기꾼이야."

"사기꾼요?"

"그래."

김지원이 분을 참지 못해 이를 갈았다.

그날, 그러니까 강유진이 깽판을 치고 간 날 이현도 중장에게 들은 황당무계한 이야기가 떠올랐다.

'대천사 가브리엘이라고?'

이현도 중장은 왜 그런 말도 안 되는 소리를 했을까?

혹시 이현도 중장이 그 거짓선동의 배후는 아닐까?

그렇게 생각하자 이현도까지 죽여 버리고 싶다.

"자네도 이 이야기를 들으면 내가 왜 그놈을 사기꾼이라고 하는지 알게 될 거야."

치밀어 오르는 분노에 휩싸여 한참 동안 씩씩거리던 김지원은 '모세와 대천사 가브리엘' 에 대한 이현도의 목격담을 안영민에게 들려주었다.

김지원의 말에 안영민의 얼굴이 붉게 달아올랐다.

"장군님, 어쩌면 이현도 중장도 경비대장 쪽 사람인지도 모릅니다."

"나도 문득 그런 생각을 했어. 어지간한 배경이 아니면 강유진이가 그렇게 미친 짓을 벌일 리가 없지. 경비대장이 나를 제거하기 위해서 이현도 중장과 임지연 박사에게 손을 쓴 게 분명해."

"아무리 그렇다고 그따위 개소리를 지어내다니…… 초딩들도 아니고 말입니다."

"그래, 사람들 앞에서 나의 조인트를 까기 위한 변명치고는 참 치졸하기 그지없지. 씨발, 그런데 위원장이던 내가! 분위기에 휩쓸려서 찍소리 못 하고 까인 거야!"

말끝에 흥분한 김지원이 부들부들 떨었다.

"어떻게 보면 잘된 일인지도 모릅니다. 덕분에 반민주적인 쓰레

기들을 싹 청소할 수 있게 되지 않았습니까? 겉과 속이 다른 그런 놈들보다 차라리 강도 새끼들이 낫습니다. 강도 새끼들은 최소한 아군인 척 다가와서 뒤통수를 치지는 않으니까요!"

안영민이 씩씩거렸다. 불현듯 박세기에게 뒤통수를 맞고 기절한 일이 떠오른 것이다.

"헐, 강도가 더 나을 것도 없지. 똑같은 놈들이야."

"예, 제가 조금 흥분해서……."

"이해하네."

김지원의 얼굴에 씁쓰름한 미소가 떠올랐다.

이런 일은 정말 당해 본 사람만 안다.

"흥분을 가라앉히게. 이번 작전에 실수가 있어서는 안 되네. 경비대 총원은 이백 명 정도지만…… 외곽 경비인원과 취침 중인 인원을 빼면 당장 싸움에 투입될 인원은 오십 명 안팎이야. 그에 비해 강도단은 구십 명이나 되지. 우리가 빠른 시간에 반역자들을 제거해야 강남의 피해를 줄일 수가 있어."

김지원이 안영민을 지그시 바라보았다.

강남이 망하지 않으려면 최대한 빨리 반역자들을 제거하고 경비대와 합류해야 한다. 모든 일은 톱니바퀴 돌아가듯 아귀가 맞아야 한다.

"삼적(三敵, 박영찬과 박세기와 강유진)을 제거하는 데 10분 정도

소요될 거라고 예상하고 있습니다."

"10분이라…… 길어. 늦어도 5분 안에 끝내야 해."

김지원의 눈빛이 서늘하게 가라앉았다.

자신의 부대 삼십 명과 경비대 오십 명을 합해 봐야 팔십 명에 불과하다. 그에 비해 강도단은 구십 명이나 된다. 외곽에 투입된 경비대 병력이 합류하기까지 걸리는 시간은 대략 15분 남짓. 그들이 돌아오기 전까지 삼적을 제거하고, 강도들과 가벼운 교전(交戰)에 돌입해야 한다.

김지원이 삼적, 그러니까 박영찬과 박세기와 강유진을 제거하기 위해 세운 발키리 작전은 이랬다.

은밀하게 강도단을 거주 지구로 끌어들여 거주 지구를 혼란에 빠트린다. 그 틈에 신속하게 박영찬과 그의 친위대를 제거한다. 그때쯤 경계에 투입되었던 경비대가 총소리를 듣고 달려올 것이다. 이번에는 그들과 함께 거주 지구에 난입한 강도단을 섬멸한다. 결과적으로 내부의 적과 외부의 강도단을 한데 묶어 날려 버리는 셈이다.

"삼적이 강도들과의 교전 중에 죽었다고 믿게 만들어야 하네. 대충 말로 때울 생각으로 하면 안 되네. 세심한 작업이 필요한 일이야."

"알겠습니다."

"경비대를 향한 회유 작업은 어느 정도 진척이 되었나?"

강도단을 제거한 뒤에 경비대를 장악하려면 미리미리 손을 써 둬야 한다. 그래서 안영민에게 경비대원들을 포섭해 두라고 지시를 내린 상태였다.

"경호단의 인맥과 보급품을 총동원한 결과 현재까지 우리에게 우호적인 사람은 약 칠십 명 정도 입니다. 앞으로 구십 명 정도까지는 가능할 것 같습니다."

김지원이 애매하다는 표정으로 머리를 긁었다.

구십 명이면 전체 인원의 절반에 조금 못 미치는 숫자다.

"그 이상은 안 되겠나?"

"그게…… 특무대 출신의 애들이 박영찬 대장의 말이라면 껌뻑 죽습니다. 특무대 이십 명과 그쪽과 친한 인맥 삼십여 명은 박영찬 대장에 대한 충성도가 높아서…… 섣불리 접근했다가는 꼬리를 밟힐 수가 있습니다. 그래서 어중간한 사람들에게는 아예 접근도 안 할 생각입니다."

김지원이 알았다는 듯 고개를 끄덕였다.

"아쉽지만 그게 좋을 것 같군. 사흘 후에 작전을 시작할 테니 그전까지 회유를 마치도록 하게."

"알겠습니다."

김지원의 말에 안영민이 결연한 얼굴로 고개를 끄덕였다.

"명심하게. 먼저 박영찬과 박세기를 제거하고, 외각 경비대가 합류하는 즉시 강도들을 퇴치하는 거야. 그전까지 놈들에게 의심을 살 만한 일은 하지 말아야 하네. 물론 양쪽 모두에게 말이야."

"알고 있습니다."

"좋아. 민주주의를 부정하는 놈들과 강도들을 일거에 쓸어버리자고."

김지원의 눈동자가 적개심으로 활활 타올랐다.

아빠를 한국 최고의 권력자로 알고 있는 딸과 동고동락(同苦同樂)한 부하들 앞에서 개망신을 당했다. 이대로는 살아도 산 것이 아니다. 사람은 먹을 것만으로 살 수 있는 것이 아니기 때문이다.

"그리고 강유진은 내 디저트니까 다른 사람이 손대지 못하게 하고."

"예, 단단히 일러두었습니다."

"좋아, 기대되는군."

김지원의 얼굴이 그제야 부드럽게 펴졌다.

경비대장 박영찬이 제거해야 할 정적이라면 강유진은 원수다. 강유진의 절규를 상상하는 것만으로도 김지원은 행복했다.

*　　*　　*

"큰형님, 안영민이라는 군바리 새끼의 말을 믿으시는 겁니까?"

박시원은 신세기파에서 머리 쓰는 일을 담당하고 있는 재원이다. 그런 박시원에게 "한 번만 도와 달라"는 안영민의 제안은 위험천만한 것이었다.

"안영민? 아! 강남에 있는 그 군바리? 손해 날 건 없잖아. 당장 자기들을 도와주면 전투식량을 지원해 주겠다는데."

신세기파 두목 나한열은 그다지 신경 쓰는 얼굴이 아니다.

"하지만 피바다 쪽 애들은 그놈을 믿지 않고 있습니다. 김지원과 안영민은 태생부터 우리와 다른 놈들 아닙니까? 절대 좋은 뜻에서 하는 제안이 아닐 겁니다."

"괜찮아. 인마. 전투식량 100박스면 얼마인 줄 알아? 그 정도면 속아 주는 셈치고 한번 도와줘도 괜찮아. 놈들이 다른 마음을 먹으면, 판을 확 엎어 버리고 달아나면 되지. 꼬장 한 번 부려 주고 전투식량 100박스면 할 만한 거야. 솔직히 안 그래?"

본래 안영민은 자기들 부대와 함께 강남을 지배하자고 했다. 하지만 거기까지는 생각하고 싶지도 않았다. 자신에게는 그저 전투식량만 있으면 된다. 게다가 계획대로 일이 잘 풀리면 한 판 크게 털어 먹을 수도 있다. 한반도에서 가장 풍족하다는 강남의 주거지구를 말이다!

"너도 알잖아. 박영찬 그 개새끼가 자경단을 조직한 뒤로 강남의 주거 지구에 들어가 본 사람이 없어. 보나 마나 비상식량이 엄청나게 쌓여 있을 거라고. 안영민이 그 정도의 식량을 걸고 도와 달라는 것만 봐도 알 수 있잖아. 흐흐! 생각해 봐. 우리가 강남의 주거 지구를 턴다면 틀림없이 전설이 될 거야."

"하지만 잘못하면 여럿 죽을 수도 있습니다. 결정적인 순간에 놈들이 배신을 한다면, 피해가 너무 큽니다."

"인마, 그걸 대비하라고 네가 있는 거잖아. 사내새끼가 그렇게 간이 작아서 어디에 쓴다고."

"그래도……."

"야! 남자가 왜 그렇게 소심해? 피바다가 있잖아. 그 새끼들은 이번 일에 안 낀다고 했다면서?"

"예."

"그러니까 그 새끼들하고 잘 엮어 보라니까. 안영민은 그쪽 대가리 숫자는 아예 생각도 하지 않고 있을 거 아냐. 안영민이 같은 군바리들 생각하는 거야 뻔하지. 자기편 쪽수가 모자라서 우리에게 손 벌린 거잖아? 그러다가 경비대를 완전히 장악하고 나면? 뻔해. 바로 우리에게 총구를 들이댈 거야."

"그렇습니다. 틀림없이 그렇게 하려고 할 겁니다. 군대가 해체된 게 언젠데 자기들끼리 아직도 장군님, 장군님, 하는 찌질한 새끼들입니다. 우리와 끝까지 갈 리가 없습니다."

"푸훗! 그래, 네 말대로다. 우리는 형님, 형님, 하고 그 새끼들은 장군님, 장군님, 하니까…… 분명히 같이 가기는 힘들 거야. 그치?"

"맞습니다."

"그럼 나머지는 머리 좋은 네가 생각해 봐. 어떻게 하면 우리가 그 새끼들을 물 먹이고, 강남을 털어 먹을 수 있는지 말이야."

"쩝, 알겠습니다."

박시원은 나한열이 마음을 바꿀 것 같지 않자 마지못해 고개를 끄덕였다.

"시원아, 군바리 새끼들 짱구 굴리는 거 뻔하잖아. 민간인이 더 뛰어나다는 걸 보여 주라고. 너 대학교 나왔잖아. 자식아."

"형님, 저는 한 학기밖에 안 다녔습니다."

"한 학기면 일 년이지? 그 정도면 충분해."

"형님, 일 년이 아니라……."

"아, 됐고…… 가서 신만용 그 약쟁이나 만나 봐. 혼자 갔다가는 다짜고짜 냄비에 담길 수도 있으니까 애들 좀 달고 가. 그 미친 새끼 요즘 사람고기에 맛 들렸다고 하더라고."

"헐, 알겠습니다."

박시원이 고개를 설레설레 저었다.

신만용은 피바다파의 보스다.

그런데 사람고기라니? 생각만 해도 등골이 서늘하다.

*　　*　　*

그즈음 김지원 전 위원장의 딸 제니는 친구들에게 동정받는 아이가 되어 있었다. 그날의 일을 계기로 '동경'에서 '동정'받는 처지가 된 것이다. 갑자기 바뀐 친구들의 시선에 제니는 분해서 어쩔 줄을 몰라 했지만 딱히 뒤집을 방법이 없었다.

제니와는 반대로 하연이의 학교생활은 완전히 변했다. 이전까지 주목받지 못하는 귀국자녀였다면, 지금은 과거 제니의 전성기를 뛰어넘는 관심을 받았다. 우선 우대자 명단에 이름이 다시 올랐고, 선생님들까지 눈에 띌 정도로 친절을 베풀었다.

학교에서 하연이의 별명은 소공녀였다.

하연이 아빠는 강남 최고 권력자인 위원장을 팼다. 그런데 그런 하연이 아빠를 경비대와 의원들이 모두 두려워한다. 싸움을 잘하게 생긴 것도 아니고, 딱히 권력을 가진 것도 아닌데, 하연이 아빠는 높은 사람들보다 더 높은 곳에 있었다. 얼마나 높은지는 상상이 가지 않는다. 독실한 천주교 신자인 부위원장이 하연이 아빠를 '대천사 가브리엘님'이라고 부른다는 소문까지 있을 정도다.

"하연아."

"응?"

하연은 최근 들어 더 친해진 미정에게 고개를 돌렸다.

"너네 아빠 말이야."

"응."

"뭐 하는 분이야?"

"뭐 하다니?"

"무슨 일 하시냐고."

"아! 놀아."

"아니, 지금 말고. 전쟁 전에 뭐 하셨냐고."

미정의 눈이 반짝였다.

지금이야 어차피 어른들 대부분이 백수니 물으나 마나다. 미정이 알고 싶은 것은 과거다.

"음……."

하연은 잠시 생각했다.

요즘 들어 시도 때도 없이 받게 되는 질문이다.

이런 질문을 받을 때마다 자신도 과거를 곰곰 돌아보게 된다.

'아빠는 뭐 하던 사람이지?'

골똘히 생각하던 하연이 담담한 어조로 말했다.

"대성그룹에서 일했는데, 개인 비서도 데리고 다녔어. 비서 언니랑 같이 미국에 출장 온 적도 있고."

"와아! 대성그룹? 비서? 진짜 잘나갔나 보다."

"그건 모르겠는데 나 다니던 학교에 내 이름으로 도서관 지어 준다고 했었어. 전쟁만 안 났으면 도서관 지었을 거야. 마녀라는 별명의 교장 선생님이 그 뒤로 나한테 엄청 잘해 줬으니까."

"와아! 진짜 믿어지지가 않는다."

미정은 벌어진 입을 다물지 못했다. 진짜 소공녀다운 이야기다. 연소자 관람가의 영화 속에서나 가능한 이야기가 현실에서 일어나다니!

친구들이 우르르 몰려들어 두 사람의 이야기에 귀를 기울였다.

하연이 아빠의 정체는 강남 최고의 미스터리였다. 부모들은 자신의 아이들에게 학교에 가서 하연이가 하는 말을 좀 잘 들어 보라고 시켰다. 척박한 환경일수록 생존을 위해서 힘이 필요하다. 어른들은 하연이 아빠가 가진 힘이 어떤 종류의 것인지 알고 싶어 했다. 뭘 알아야 누구 뒤에 설 것인지—물론 김지원 전 위원장과 하연이 아빠 사이에서 말이다.—결정할 것 아닌가!

아이들은 하연이의 말을 듣고 하연이 아빠가 어떤 사람인지를 상상했다.

아이들의 머릿속에 그려진 하연이 아빠는 돈이나 권력을 가진 사람이었다. 대성그룹과 개인비서라는 말에 달리 연상되는 게 없었던 탓이다.

혼자 떨어져 앉은 제니는 아이들의 중심에 있는 하연이를 뚫어져라 노려보았다. 영화 속의 주인공이 된 것처럼 으스대고 있는 하연이를 보고 있자니 입맛이 뚝 떨어진다.

'나쁜 년!'

제니는 속으로 이를 갈았다.

따돌림, 혹은 동정의 대상이 되어 본 적이 없는 제니에게 지난 며칠은 악몽과도 같았다.

지금도 실감이 나지 않는다. 며칠 전까지 저 자리의 주인은 자신이었는데, 지금은 이렇게 교실 구석에서 손톱만 물어뜯고 있다.

'씨! 아빠의 부탁만 아니었어도…….'

그랬다면 자존심을 구기면서까지 학교에 나오지 않았을 것이다.

하지만 아빠는 "학교에 가서 하연이 아빠와 관계된 것이라면 사소한 것까지도 알아 오라"고 했다. 어른들 세계에 떠도는 소문은 허풍이 심해서 믿을 수가 없다는 것이었다. 그 바람에 매일같이 학교에 나와서 저런 더러운 꼴을 봐야만 한다.

오늘 아침에도 가기 싫다고 울었지만 아빠는 "곧 바른 세상이 돌아올 테니 조금만 참고 견디라"고 했다.

바른 세상이 무얼 의미하는지 알 수 없지만, 그 말을 할 때 아빠의 얼굴은 무서웠다.

아빠를 생각하던 제니는 자리에서 벌떡 일어섰다.

그리고 하연이의 앞으로 뚜벅뚜벅 걸어갔다.

"야! 강하연! 너 무시무시한 아빠 둬서 좋겠다?"

"응? 우리 아빠 별로 안 무서운데?"

하연이 제니를 똑바로 바라보았다.

문득 미국에서 악당 감독을 죽이던 아빠의 얼굴이 머리를 스쳐 지나갔다. 하지만 그건 자신을 구하기 위해서 어쩔 수 없이 그랬던 것뿐이다. 보통 때의 아빠는 있는지 없는지도 모를 정도로 평범한 사람이다. 너무 평범해서 아빠는 상처를 많이 받았다. 그러니 무서운 아빠라는 말은 틀린 것이다.

"그럼 경비대장 아저씨가 왜 너네 아빠 눈치를 보는 건데?"

"뭐? 눈치를 본다고? 내가 볼 때는 그냥 친한 것 같던데?"

하연이는 자신이 아는 범위 내에서 당당하게 대답했다.

제니는 인정할 수 없다는 얼굴로 입술을 실룩였다. 하지만 그 일에 관해 딱히 아는 게 없으니 그냥 넘어 가는 수밖에 없었다.

"제니야, 하연이랑 싸우지 말고 화해하는 게 어때?"

가만히 지켜보던 미정이 나섰다.

제니의 얼굴이 싸움을 거는 것처럼 보였던 모양이다.

제삼자가 끼어들자—그것도 존재감이 없는 미정이다!—제니의 얼굴이 일그러졌다.

"야! 지금 내가 싸우는 거로 보여? 별게 다 나서서 지랄이네. 너까지 내가 우스워 보이나 본데, 두고 봐. 우리 아빠가……."

곧 바른 세상이 온다는 말이 목구멍까지 치밀어 올랐지만 제니는 참았다. 어쩐지 해서는 안 될 말이라는 생각에서다.

"흥! 진짜 어이가 없다. 이젠 개나 소나 다 맞먹으려고 그러네. 야! 최미정! 너네 아빠도 잘나가? 전에는 나한테 말도 못 붙이더니 이젠 제법이다. 너."

"무, 무슨 소리야? 내가 뭘 어쨌다고……."

미정은 감히 제니의 눈을 마주 보지 못했다.

제니가 싸움을 잘하는 것도 있지만, 제니의 아빠가 식량을 나누어 주고 있다는 사실에 눈치가 보인 것이다. 막말로 제니의 가족에게 찍히면 무슨 일이 생길지 알 수 없었다. 자신의 부모님은 하연이의 아빠처럼 대단한 사람이 아니었으니 말이다.

미정이 눈을 내리깔자 제니의 기분도 조금 풀렸다.

"양민이면 양민답게 주제파악하고 살아!"

제니는 미정에게 쏘아 붙이고 자기 자리로 돌아갔다.

"재 뭐야? 미쳤나 봐."

하연이가 질렸다는 듯 머리를 설레설레 흔들었다. 하지만 다른 아이들에게 제니는 그렇게 무시할 수 있는 상대가 아니었다.

교실의 아이들은 사나운 제니의 눈빛을 모두 피했다. 제니와 싸워서 득 될 게 없다는 생각에서다. 비록 하연이 아빠에게 깨지기는 했지만 제니의 아빠는 여전히 강남의 실세였다. 교실의 분위기는 그야말로 한바탕 폭풍이 지나간 것 같았다.

제6화

발키리 작전

구 뱅뱅 사거리 근처에 파견 나가 있던 경비대 3중대의 1초소 앞에 한 남자가 나타났다.

남자는 허리까지 쌓인 눈을 헤치며 초소 쪽으로 이동했다.

남자가 다가오자 무너진 건물 틈새에 숨어 경계를 서고 있던 경비대원 하나가 짧게 소리쳤다.

"손들어! 움직이면 쏜다!"

거주 지구를 제외한 강남은 무법지대다. 그런 만큼 쏜다는 말은 단순히 절차상의 구호가 아니었다.

누구보다 그런 사실을 잘 알고 있는 남자는 멈춰 서서 손을 들어 흔들었다.

"박철영 씨? 나 본부의 최혁이요!"

남자의 얼굴을 확인한 박철영이 총구를 내렸다.

"아! 최혁 씨! 여기까지 무슨 일입니까?"

박철영이 고개를 갸웃거렸다.

최혁은 경비대 본부에 몇 없는 사무직 요원이다. 그런데 한창 본부에서 일하고 있어야 할 그가 눈길을 헤치고 이곳에 나타나다니?

잠시 후 박철영과 만난 최혁이 얼굴에 흐르는 땀을 닦으며 중얼거렸다.

"하아! 더럽게 힘드네요. 이놈의 눈, 지겹다! 진짜."

"하하, 그래도 우리가 닦아 둔 길로 오셨을 테니 그나마 좀 편했을 겁니다. 오늘은 어쩐 일로 이 멀리까지 나오셨습니까?"

"어휴! 대타죠. 대타. 이번 주의 연락병인 이수관 씨가 어디서 술을 구했는지 새벽까지 마셨다네요. 도저히 못 움직이겠다고 사정을 해서 제가 대신 왔습니다. 그 귀한 술을 어디서 구했는지 원."

"헐! 숙취라니, 근 반년 만에 듣는 말이네요. 남은 술은 없답니까?"

박철영이 입맛을 다셨다.

"저녁에 반병 주겠다고 하던데……."

"반병이나요? 쩝, 부럽네요."

박철영이 노골적으로 최혁을 바라보았다.

최혁이 그런 박철영의 사인을 모를 리가 없다.

"뭐, 한 잔 정도는 줄 수도 있습니다."

"어이쿠! 감사합니다."

박철영이 황송하다는 듯 머리를 숙여 보였다. 술은 금에 비견될 정도로 귀한 것이었다. 전기가 사라진 지 반년이 넘은 지금, 허물어진 빌딩에 위험을 무릅쓰고 기어 들어가는 사람들의 목표는 금이 아니면 술이었다. 그중에서도 술은 '폐허 속의 로또'로 불렸다.

사람들이 금보다 술을 더 높이 치는 이유는 따로 있다. 오늘날 금은 화폐의 대용으로 쓰인다. 물론 치과 치료를 위해 금을 필요로 하는 사람들도 있지만 소수에 불과하다.

하지만 술은 다르다. 모두가 원하고, 당장 자기 자신도 그걸 필요로 한다. 술은 화폐의 역할은 물론, 음식 다음으로 모두가 원하는 것이었다.

"그런데 무슨 일로?"

박철영의 물음에 최혁이 자신의 머리를 딱 소리가 나도록 후려쳤다.

"아! 이놈의 정신머리 봐라. 엉뚱한 소리만 했네."

"하하, 저도 종종 그럽니다."

"지금 한 블록 아래의 임시 초소로 이동하랍니다. 남쪽의 은행 건물이 있던 곳으로요."

"아! 저 아래의 농협 자리요?"

"예."

"초소를 옮기는 건가요? 이 자리가 좋다고 할 때는 언제고."

"잠시 옮기는 것 같더라고요. 다음 교대자들은 다시 이곳으로 올 겁니다."

"아! 임시 이동이군요?"

"그런 셈입니다."

박철영은 이해했다는 듯 고개를 끄덕였다.

경계 초소의 위치가 바뀌는 것은 자주 있는 일이었다.

"그쪽에서 강도들이 설치고 다니나 보네요?"

"그렇겠죠. 저는 한군데 더 들렀다가 귀환하도록 하겠습니다. 수고하십쇼."

"예, 저녁 식사 후에 찾아뵙겠습니다."

"아, 그러세요. 받게 되면 꼭 챙겨 두겠습니다."

"감사합니다. 조심해서 가세요."

최혁은 박철영과 눈인사를 나눈 뒤 근처의 다른 초소로 이동했다.

오전에 최혁은 3중대의 3개 초소를 돌아다녔다.

3개 초소의 자리변동으로 3중대의 경비구역에 사각지대가 생겨났지만 누구도 그걸 알아차리지 못했다.

*　　　*　　　*

오후 1시 무렵, 신세기파와 핵폭탄파의 강도 삼십 명이 뱅뱅 사거리에 나타났다.

선두에 자리한 십여 명의 강도들은 잔뜩 긴장한 얼굴이다. 대낮에 이렇게까지 깊숙이 와 본 적이 없으니 당연한 일이다.

"씨펄! 갑자기 그 군바리 새끼들이 나타나서 총질해 대는 거 아냐?"

"헛소리하지 마. 얘기 다 됐다잖아."

"그 새끼들 말을 어떻게 믿어?"

속삭이는 두 강도를 향해 선두 그룹을 이끌고 있던 박시원이 나직이 말했다.

"거기 두 놈, 입 좀 닥쳐라. 우리가 간다고 광고할 일 있냐?"

"아, 예."

두 사람이 찔끔 놀란 얼굴로 입을 꾹 다물었다.

불안하기는 박시원도 마찬가지다.

박시원은 연신 고개를 갸웃거리며 주변을 살폈다. 다행히 안영민이 가르쳐 준 길에 문제는 없어 보인다.

'이대로 거주 지구까지 가야 되는데…….'

박시원은 저도 모르게 손목시계로 시선을 떨구었다.

1시 15분.

안영민과 약속한 시간은 1시 30분이다.

계산대로라면 15분 후 거주 지구의 초입에 도착한다.

입 안이 바짝바짝 마르는 느낌이다.

구십 명이라지만 그중에 총을 가진 사람은 이십 명에 불과하다. 나머지 칠십 명은 나이프와 도끼로 무장했다. 안영민의 정보에 의하면 경비대원 역시 모두가 총으로 무장한 것은 아니다. 그렇다고 해도 경비대의 무장이 자신들보다 훨씬 좋을 것이다.

박시원이 곁에 있는 이상무를 힐끔 쳐다보았다. 그는 핵폭탄파의 이인자다.

주변에 인기척이 없음을 거듭 확인한 박시원이 조심스레 운을 뗐다.

"형씨, 그쪽은 얼마나 받기로 하고 참가한 겁니까?"

"100박스요. 착수금으로 50박스를 받았고, 일이 끝나면 50박스를 더 받기로 했소."

"아……."

박시원은 괜히 물어봤다는 생각이 들었다.

양쪽의 조건은 같았다. 신세기도 100박스였다. 그런데 저 핵폭탄은 인원이 사십 명인데 100박스다. 신세기가 열 명이나 더 많은데 전투식량의 숫자는 같다. 왠지 손해 보는 기분이다.

생각에 잠신 박시원의 귓가로 이상무의 음성이 들려 왔다.

"그런데 그쪽이랑 우리가 피바다에 10박스씩 나눠 주기로 했다면서요?"

"예."

"아깝네. 안 줄 수도 없고."

말과 달리 이상무는 나누고 싶지 않은 얼굴이다.

박시원은 그 부분에 대해 할 말이 없었다. 약속을 지키건 말건 그건 핵폭탄과 피바다의 문제였다.

"그건 그렇고 이번엔 제대로 털어 봅시다. 거주 지구의 여자들 때깔도 곱다던데. 그깟 전투식량 열 박스는 아무것도 아니죠."

"흐흐, 여자를 데리고 나갈 시간이 있겠습니까?"

칙칙하던 이상무의 눈에 생기가 감돌았다. 강남의 외곽에 있는 여자들은 대부분 늙거나 병들었다. 가뭄에 콩 나듯 있는, 젊고 얼굴 반반한 여자들은 성병의 온상이라, 괜히 건드렸다가는 피오줌을 싸다가 죽는 수가 있다. 그에 반해 거주 지구의 여자들은 대부분 젊고 깨끗하기까지 하다. 남자라면 심장이 뛰지 않을 수 없는 것이다.

"시간이 부족하면 인질 삼아 끌고 나가도 됩니다. 나라를 세운다고 주접떠는 놈들이니까 일반인들을 앞세우면 총질도 못 할 겁니다."

"와우! 그거 좋은 생각입니다. 모로 가도 서울만 가면 된다고. 역시 박시원 씨의 머리는 못 따라가겠습니다. 인질이라, 정말 기발한 아이디어네요. 잠시 실례."

이상무는 똥 마려운 놈처럼 급하게 뒤쪽으로 뛰어갔다.

그리고 두목인 천상욱의 귓가에 한참을 뭐라고 속삭였다.

무표정하던 천상욱의 얼굴에 미소가 떠올랐다.

박시원은 듣지 않아도 무슨 얘기가 오갔는지 알 것 같았다.

박시원의 곁을 지키고 있던 텁석부리의 사내가 히죽히죽 웃으며 말했다.

"형님, 저쪽은 아예 작정을 한 것 같습니다. 오늘 곡소리 좀 나겠는데요."

"석천이 너는 관심 없고?"

"어이쿠! 무슨 그런 섭섭한 말씀을. 제 똘똘이는 벌써부터 난리 났습니다."

말과 함께 텁석부리 사내, 황석천이 한 손으로 자신의 사타구니를 움켜잡았다.

"아, 드러운 새끼. 냄새난다. 저리 가라."

건달계의 신사를 꿈꾸던 박시원이 황석천을 밀어냈다.

황석천은 키득거리면서도 사타구니에서 손을 떼지 않았다. 바지가 불룩한 것을 보니 농담이 아니라 정말 잔뜩 흥분한 모양이다.

"에이, 변태 새끼."

박시원은 고개를 설레설레 저으며 성큼성큼 앞서 나갔다.

그의 뒤를 십여 명의 강도들이 부랴부랴 따라붙었다.

잠시 후, 구십 명의 떼강도들이 뱅뱅 사거리를 통과해 안쪽으로 사라져 갔다.

*　　　*　　　*

거주 지구 북쪽의 파괴된 빌딩 숲 사이로 한 남자가 천천히 걸어 나왔다.

산책하듯 주변을 둘러보던 남자가 오른손을 들어 올렸다.

그러자 어디선가 남자들이 마치 바퀴벌레 떼처럼 쏟아져 나왔다.

흉흉하게 생긴 남자들의 손에는 칼과 도끼가 들려 있었다. 초소에 걸리지 않고 잠입한 떼강도들이다.

강도들은 아무 집이나 문을 박차고 들어갔다.

"꺄아악!"

"닥쳐! 이년아!"

"아악!"

"살려 주세요!"

여자들의 비명이 조용하던 거주 지구를 뒤흔들었다.

강도들은 저항하는 남자는 망설임 없이 쳐 죽였다. 어차피 남자는 경쟁의 대상인지라 살려 둘 필요를 느끼지 못한 것이다.

칼과 도끼 부대가 약탈을 하는 동안 총을 소지한 이십여 명의 강도들은 경비대의 숙소를 급습했다.

야간 경비를 마치고 잠을 자던 경비대원들은 저항도 하지 못하고 목숨을 잃었다.

그 와중에도 이십여 명의 경비대원이 무장을 갖추고 반격에 나섰다.

이십여 명 중에 총기를 소지한 사람은 절반에 불과했다.

총기류는 항상 부족해서 모든 경비대원에게 100퍼센트 지급되지 못했다. 취침 중인 교대 병력이 총을 다 소지하지 못한 것은 그런 이유에서다.

십여 명이 반격에 나서자 강남의 거주 지구는 삽시간에 전쟁터로 변했다.

그렇게 섬뜩한 총소리에 강남은 깨어났다.

*　　　*　　　*

"입구에 바리케이드를 쌓아! 조금만 버티면 된다."

박영찬 대장의 명령에 본부의 요원들은 부지런히 책걸상을 날라 입구를 막았다.

"대, 대장님! 유선이 모두 불통입니다! 어떻게 된 일일까요?"

통신요원이 하얗게 질린 얼굴로 박영찬 대장을 바라보았다.

박영찬이 이를 빠드득 갈며 답했다.

"어떤 빌어먹을 놈이 끊었겠지. 10분만 버티면 된다! 알겠나! 10분이다!"

박영찬 대장의 말에 사무요원 중의 하나가 소리쳤다.

"대장님 외곽 초소에서 달려온다 해도 그 이상이 걸립니다! 다른 곳으로 일단 피해야 하지 않겠습니까? 이러다가 다 죽겠습니다! 적이 너무 많습니다!"

박영찬이 본부에 남아 있는 부하들을 둘러보았다.

실내에는 사무요원 둘, 통신요원 하나, 경비원 둘, 자신까지 포함해 여섯이 전부다.

5분 대기조 다섯이 건물 밖에서 일 차 저지선을 형성하고 있으니 모두 열하나. 강도들은 한눈에 봐도 삼십 명이 넘어 보였다.

“숫자에 신경 쓰지 마라! 10분이다. 10분만 살아 있으면 다 해결된다!”

“대장님! 피해야 한다고요! 여기에 있다가는 다 죽어요! 다 죽는다고요! 나가자고요!”

사무요원 하나가 공황상태에 빠졌는지 미친놈처럼 소리를 고래고래 질렀다.

박영찬이 사무요원에게 다가가 뺨을 후려쳤다.

충격을 이기지 못한 남자가 비칠거리며 뒤로 물러났다.

겨우 정신이 드는지 남자가 멍한 눈으로 박영찬 대장을 바라보았다.

“정신 차려라. 벌써 5분이 지났다. 알겠나? 이제 5분만 더 참으면 살 수 있다.”

“저, 정말 5분이면 됩니까?”

남자가 맥없이 되물었다.

“그래, 5분이다.”

박영찬이 단호한 어조로 답하고 창가로 다가갔다.

강유진은 주거 지구가 약탈당하도록 내버려 두지 않을 것이다.

그의 가족이 이곳에서 살고 있기 때문이다. 10분은 강유진이 움직일 것을 예측한 시간이었다.

그때다.

창밖을 주시하고 있던 경비원 하나가 환호성을 내질렀다.

"와아! 대장님! 갑자기 강도들이 물러가고 있습니다! 어? 보급부대가 이쪽으로 오고 있습니다! 대장님 말씀대로 우리는 살았습니다!"

"보급부대가 오고 있다고?"

박영찬이 창가로 급히 다가갔다.

경비원의 말대로 강도들이 달아나고 있었다.

그들을 밀어내고 있는 것은 다시 봐도 김지원의 보급부대였다.

이십여 명에 달하는 김지원의 보급부대와 삼십여 명의 강도를 번갈아 바라보던 박영찬 대장의 얼굴이 딱딱하게 굳어 갔다.

탕. 탕. 탕.

달아나는 강도를 향해 간헐적으로 총을 쏘는 사람들은 모두 5분 대기조다.

보급부대는 본부를 향해 일직선으로 달려오고 있었다.

'혹시 저들의 목표가 나일까?'

말도 안 되는 상상이다.

박영찬은 애써 불안을 떨쳐 냈다. 아무리 김지원의 인간성이 엉망이라고 해도 그 정도는 아닐 것이다.

박영찬의 시선이 다시 창밖으로 향했다.

열 명이 건물 밖에 남았다. 열 명이 건물로 진입했다는 뜻이다.

"지원부대가 왔으니 모두 자리를 지켜라. 나는 주변 상황을 둘러보고 오겠다!"

"예!"

"여긴 걱정 말고 다녀오십쇼!"

"……."

박영찬이 복잡한 눈으로 씩씩하게 답하는 부하들을 보았다.

무슨 일이 벌어지고 있는지 모르는 얼굴들이다. 만약 보급부대의 목표가 자신이라면 빨리 이들의 곁을 떠나야 한다. 그들이 목격자를 남겨 두지 않으려 할 테니 말이다.

'내가 피해 주어야겠지…….'

마음을 정한 박영찬은 재빨리 사무실에서 빠져나갔다.

곧이어 열 명이 만들어 내는 거친 발자국 소리가 백화점 내부를 뒤흔들었다.

*　　　*　　　*

"헉! 헉! 헉!"

박세기는 한 손으로 어깨를 움켜잡고 미친 듯이 달렸다.

“으으! 개새끼들! 모두 죽여 버릴 테다!”

박세기의 입에서 쉬지 않고 욕설이 터져 나왔다. 그렇게 하지 않으면 답답해서 죽을 것 같았다. 강도들이 쳐들어온 틈을 타서 아군에게 총질이라니!

문득 뒤를 돌아보니 핏자국이 길게 이어져 있다.

총상을 당한 어깨에서 흘러내린 피다.

“아! 진짜 열 받네!”

박세기는 자신이 독신이라는 것에 감사했다. 만약 가족이라는 게 있었다면 여기까지 달아나지도 못했을 것이다. 가족을 보호해야 하니까 말이다. 그러나 혼자인 덕분에 미련 없이 집에서 도망칠 수 있었다. 모태솔로인 게 지금은 고맙기만 하다.

“젠장! 독신 만세다!”

주절주절 떠들면서도 박세기의 눈은 부지런히 사방을 살폈다.

‘어디로 가야 하나?’

고민은 길지 않았다.

이 모든 게 김지원의 반란 때문이라면 본부도 당했을 것이다.

그렇다면 부상을 입은 자신이 갈 곳은 하나다.

박세기는 강유진의 오피스텔이 있는 곳으로 뛰었다.

“제길! 안상혁에게 치료를 받아야 하는 건가!”

지금까지 혁명군 출신의 안상혁과는 말을 섞지 않았다. 안상혁의 과거를 아는 사람치고 그를 좋게 보는 사람이 없다. 자신도 그중 하나다. 과거를 떠나서 안상혁의 그 차가운 눈빛이 마음에 들지 않았다. 그건 많은 사람을 죽여 본 사람의 눈이다. 자신처럼 말이다.

그러나 박세기는 오피스텔을 한 블록 남겨 두고 오도 가도 못하게 되었다. 하필 강도떼가 그곳에 집결하고 있었기 때문이다.

삼십여 명의 강도들이 여자들과 노략질한 물건을 한곳에 모으고 있었다. 이제 슬슬 거주 지구를 빠져나갈 생각인 것 같다.

노예처럼 끌려가는 여자들을 보며 박세기는 초조했다.

'외부 경계 병력은 대체 언제 오는 거야? 이 멍청한 자식들! 그렇게 훈련을 하고도 늑장을 부리다니!'

그들이 왜 아직도 오지 않는지 궁금했지만 지금은 붙잡고 물어볼 사람도 없다.

박세기는 한숨을 내쉬며 울부짖는 여자들을 훔쳐보았다.

자신에게 남아 있는 실탄은 고작해야 한두 발 정도.

이러지도 저러지도 못해 괴로워하고 있는 박세기의 귓가에 나지막한 소리가 들려왔다.

"이런! 자네도 당했군."

철컥.

박세기는 반사적으로 돌며 총을 겨눴다.

"날세."

무너진 건물 모퉁이에서 박영찬 대장이 기어 나왔다.

박세기는 한숨과 함께 총을 거두었다.

"대장님은 괜찮으십니까?"

"난 괜찮네. 그런데…… 어깨에 맞았구먼?"

"예, 잠에 취해서 움직임이 좀 둔했습니다."

"움직일 만한가?"

"출혈이 심하지 않아 아직은 괜찮습니다."

"운이 좋았군."

"그런데 어떻게 된 일입니까?"

박영찬 대장이 박세기의 곁에 자리를 잡았다.

"보급부대가 강도들과 싸우지 않고 곧바로 본부로 오기에 예감이 좋지 않아 자리를 피했네. 자네야말로 어떻게 된 건가?"

"잘하셨습니다. 저는 집에서 낮잠을 자다가 보급부대의 공격을 받았습니다. 그놈들이 어설프게 행동한 덕분에 겨우 빠져나올 수 있었습니다. 본부로 가 보려다가 그럴 상황이 아닌 것 같아서 이쪽으로 온 겁니다."

"결국 김지원이 움직였군."

"예상하고 계셨습니까?"

"그가 뭔가를 꾸미고 있다는 건 알고 있었지만…… 이 정도일 줄은 미처 생각하지 못했네. '그래도 장성 출신인데 설마!' 하는 안일한 생각이 화를 부른 거라고나 할까."

"저도 아군에게 총질을 당할 줄은 꿈에도 생각한 적이 없습니다. 그나저나 초소에 나가 있는 경비대의 지원이 너무 늦는 거 아닙니까?"

"만약 김지원이 강도들과 합작한 거라면…… 어디선가 발목을 잡혔을 수도 있네."

박세기가 분노한 얼굴로 소리쳤다.

"아! 김지원 그 개자식! 그날 바로잡아 쳐 넣었어야 하는데!"

"너무 자책하지 말게. 오늘의 일을 보고 있자니, 언제고 일어날 일이었다는 생각이 드네. 곪은 상처는 빨리 터져 주는 게 좋아. 다만 그 일로 일반인들이 피해를 입으면 안 되는데……."

박영찬의 말이 채 끝나기도 전에 뒤쪽에서 비웃음소리가 들려왔다.

"으흐흐! 아니 이게 누구야? 박영찬 대장님 아니셔?"

능글맞은 소리에 놀란 박영찬과 박세기가 황급히 뒤를 돌아보았다.

권총과 엽총으로 무장한 이십여 명의 남자들 사이로 얼굴에 개

기름이 흐르는 사십 대 남자가 히죽히죽 웃고 있는 게 보였다.

상대를 확인한 박영찬 대장의 입에서 신음성이 흘러 나왔다.

"으음! 천상욱……."

박영찬 대장과 박세기의 얼굴이 어두워졌다.

천상욱은 특수부대 무술교관 출신의 연쇄살인범으로 죽을 날만 기다리던 사형수였다. 하지만 핵전쟁의 여파로 국가가 해체되면서 인생역전의 기회를 맞이한다. 교도관들이 살길을 찾아 뿔뿔이 흩어지자 재소자들을 규합해 핵폭탄파를 만든 것이다. 오늘날 피바다파가 식인(食人)으로 악명을 떨친다면 핵폭탄파는 수단의 과격함으로 널리 알려져 있었다.

천상욱이 이상무에게 눈짓을 보냈다.

이상무가 박영찬과 박세기의 앞으로 다가갔다.

"이리 주쇼."

박영찬과 박세기는 순순히 권총을 넘겼다.

일단 시간을 벌어야 한다. 이십여 개의 총구 앞에서 객기를 부리다가는 벌집이 되고 말 것이다.

저항하지 않는 두 사람을 천상욱이 야릇한 표정으로 바라보았다.

"뭐가 이렇게 싱거워? 좀 박진감 넘치는 장면이 연출될 줄 알았는데 말이야."

박영찬 대장이 담담한 어조로 말했다.

"영화와 현실은 다른 법 아니오? 이렇게 많은 사람들 앞에서 소란 떨어 봐야 눈요기거리밖에 안 될 텐데."

"주제파악이 빠른 놈이군."

박세기가 동감이라는 듯 고개를 주억거렸다.

딱히 저들 중에 불구대천의 원수가 있는 것도 아니다. 어차피 약육강식의 세상. 스스로를 지킬 힘이 없으면 죽고, 살아갈 능력이 되면 살아남는다. 그뿐이다. 지금의 인간은 도구를 사용하는 동물에 불과했다.

이상무는 박세기의 글록을 권총집에 넣고, 자신이 사용하던 낡은 러시아산 권총을 가까이 있던 부하에게 던져 주었다.

그리고 박영찬의 글록을 천상욱에게 공손히 바쳤다.

천상욱도 박영찬의 글록이 마음에 드는지 자신이 가지고 다니던 낡은 러시아제 권총을 뒤쪽의 부하들에게 휙 내던졌다.

주인 없는 권총을 향해 남자들 서너 명이 달려갔다.

부하들이 뒤엉켜 나뒹구는 꼴을 키득거리며 바라보고 있는 천상욱에게 이상무가 물었다.

"이 둘을 어떻게 할까요?"

천상욱이 박영찬과 박세기를 지그시 바라보았다.

잠시 생각하던 천상욱이 짧게 말했다.

"일단 살려 둬. 쓸모가 있을지도 모르니까."

천상욱은 주거 지구에서 빠져나가다가 다른 경비대와 마주칠 때를 대비해 살려 둘 생각이었다.

일단 살려 둔다고 생각하자 저 둘을 더 효과적으로 사용할 방법이 떠올랐다. 저 두 사람을 이용해서 김지원을 협박하면 더 많은 식량을 뜯어낼 수 있지 않은가! 박영찬과 박세기는 김지원에게 치명적인 위협이자 약점이다. 앞으로 김지원은 비밀 유지를 위해 더 토해 내야 할 것이다.

만족한 미소를 짓고 있는 천상욱을 향해 박영찬 대장이 말했다.

"이곳에서 빠져나갈 수 있다고 생각하나?"

"못 할 건 뭐지?"

"할 수 있다면 해 보는 것도 괜찮겠지."

"흐흐, 국정원의 높으신 양반이었다면서? 총소리를 듣고 다른 경비대가 몰려오기를 기다리는 모양인데…… 그 정도 위치에 있으면 좀 더 생각을 할 줄 알아야지."

천상욱이 득의양양한 얼굴로 비웃었다.

"무엇을 말인가?"

"총소리를 잘 들어 보라고. 꽤 멀리서 나는 소리도 간간이 들려오지 않나? 그게 안 들린다면 집중력이 많이 떨어진 거고."

"……."

가만히 총소리를 듣던 박영찬과 박세기가 고개를 끄덕였다. 아닌 게 아니라 꽤나 멀리서 간헐적으로 총성이 들려오고 있었다.

"어때, 이제 다른 경비대가 여기에 올 수 없다는 걸 알겠나? 이번 일에 서울의 3대 조직이 모두 참가했다고. 김지원은 2개 정도만 참가하는 것으로 알고 있겠지만 말이야."

지금까지 가만히 듣고 있던 박세기가 끼어들었다.

"그럼 저 소리는?"

박세기의 앞에 서 있던 이상무가 피식 웃으며 답했다.

"그 유명한 피바다의 조직원들이 경비대를 물고 늘어지고 있는 거지. 김지원이야 그 정도까지는 생각하지 못했겠지만."

"역시 이 소란의 원인은 김지원이 제공한 건가?"

"그는 주거 지구까지의 안내를 맡았지. 너희들의 독재가 우리보다 싫다고 하더군."

"헐."

박세기는 웃을 수밖에 없었다.

어딘지 여유가 느껴지는 박세기의 웃음에 이상무는 은근히 기분이 나빠졌다.

"웃어?"

이상무의 주먹이 박세기의 안면에 박혔다.

'퍽!' 소리와 함께 박세기의 머리가 한쪽으로 홱 돌아갔다.

"우우, 주먹이 제법 맵군."

박세기가 머리를 흔들며 중얼거렸다.

"졸라 쿨한 척하는데, 우리에게 인질은 박영찬 하나만으로도 충분하다는 걸 모르나?"

"아, 미안. 당신을 비웃은 건 아니야. 나는 그저 김지원이 불쌍해서 웃은 것뿐이라고."

"아! 이 씨발 새끼가 말귀를 영 못 알아듣네. 네가 김지원보다 더 불쌍하게 된 거야! 넌 그렇게 여유 부릴 입장이 아니라고. 내 바짓가랑이를 붙잡고 살려 달라고 애원을 해도 시원치 않아! 이 씨발놈아! 어디서 히죽 히죽 웃고 지랄……."

타앙.

총성과 함께 이상무의 머리에 구멍이 뚫렸다.

이상무는 비명을 지를 틈도 없이 뒤로 '털썩' 하고 넘어갔다.

그것을 시작으로 박영찬과 박세기 주변에 총탄이 빗발치듯 쏟아졌다.

타타타탕. 탕. 타탕.

박세기와 박영찬을 추격하던 김지원의 부대원들이 나타난 것이다.

박영찬과 박세기는 물론 천상욱과 그의 부하들까지 엄폐(掩蔽)할 곳을 찾아 급히 흩어져야 했다.

곧이어 모여 있던 강도들과 김지원의 부대원 사이에 본격적인 총격전이 벌어졌다.

*　　　*　　　*

"미치겠군."

혼잣말을 중얼거리던 김지원이 안영민에게 고개를 돌렸다.

"이렇게 되면 얘기가 다르잖나. 저 두 사람이 왜 여기에 있는 건가? 그리고 저 멍청한 놈들은 왜 저 둘을 죽이지 않는 거지?"

김지원의 눈은 불신과 분노로 활활 타오르고 있었다.

각기 다른 장소에서 죽었어야 할 박영찬과 박세기가 같이 돌아다니고 있다니?

게다가 핵폭탄파는 두 사람을 죽일 생각이 없어 보인다. 이래서야 어떻게 '두 사람이 강도단에게 살해됐다'는 식의 이야기를 지어낼 수 있단 말인가!

"그건 저도 모르겠습니다만, 어떻게든 저 둘을 이곳에 묻어야 합니다!"

"방법은 있고?"

"……."

안영민은 김지원의 시선을 피했다.

작전을 세우면서 이런 상황은 염두에 두지 않았다.

"하아! 지랄맞은 상황이로군."

김지원의 입에서 한숨이 흘러나왔다.

"어떻게든 이 일을 수습하지 못하면 우리는 서울에서 떠나야 할 거야. 박영찬과 박세기가 우리를 가만히 내버려 두지 않을 테니 말이야."

"장군님, 제가 핵폭탄파 두목을 만나 보겠습니다."

"헐! 벌써 총격전이 벌어졌는데 자넬 만나 주려고 하겠나?"

"우리가 이렇게 꼬리를 잡고 늘어지면 놈들도 큰 희생을 치러야 합니다. 일단 협상을 해 보겠습니다."

김지원은 고개를 끄덕였다. 대화 외에 달리 방법이 없다는 생각에서다.

"그러도록 하게. 서둘러야 할 게야."

안영민이 목례를 올린 후 자리에서 빠져나갔다.

얼마 지나지 않아 치열하던 총격전은 소강상태로 접어들었다. 강도단과 김지원의 부대 사이에 뒤늦게 대화의 필요성이 대두된 탓이다. 강도단으로서는 어떻게든 거주 지구를 벗어나야 했고, 김지원의 부대도 곧 들이닥칠 경비대를 생각하면 마냥 총질로 시간을 허비할 수 없었기 때문이다.

덕분에 안영민은 사람들의 눈을 피해 천상욱에게 다가갈 수 있었다.

그런데 천상욱은 안영민을 보자마자 거세게 항의했다.

“이보쇼! 군바리 양반! 어떻게 된 거요? 약속과 다르잖아!”

“…….”

순간 안영민의 얼굴이 일그러졌다.

완전히 적반하장이다. 경비대장 박영찬과 특무대의 박세기를 인질로 잡고 있는 주제에 이게 무슨 귀신 씻나락 까먹는 소리란 말인가?

“그쪽이야말로 이게 무슨 경우 없는 행동이오? 박영찬과 박세기는 반드시 죽여야 한다고 하지 않았소? 그런데 지금 당신은 그들을 보호하고 있잖소. 대체 무슨 생각으로 그런 행동을 하고 있는 거요?”

천상욱이 능청맞은 표정으로 대꾸했다.

“아, 난 또 뭐라고? 그 일 때문에 우리에게 총질을 해 대고 있는 거였소? 그런 문제라면 안심하시오. 이곳을 빠져나가는 즉시 죽여 버릴 테니까. 그 두 놈을 잡아 두고 있는 건 혹시라도 나가다가 다른 경비대의 공격을 받을까봐 그런 거요. 살아 있는 통행증과 같은 거라고 할까?”

‘뭐라고? 어디서 개수작이야!’

안영민은 속이 부글부글 끓어올랐다.

마음 같아서는 웃고 있는 얼굴에 총알을 박아 주고 싶었다. 최우선 순위로 죽여야 한다고 지정한 두 사람을 끝까지 살려서 데리고 가겠다니!

"아니! 그게 무슨 되지도 않을 소리요? 그 둘은 우선적으로 처리해야 한다고 몇 번이고 말하지 않았소!"

"그건 아니지, 입은 삐뚤어졌어도 말은 바로 해야지. 그 둘을 처리하는 건 당신들이 알아서 할 일이었잖소. 그런데 당신들은 그걸 하지 못했고. 우리는 어떻게든 무사히 이곳을 벗어나야 하는 입장이오. 그러니 이번에는 당신들이 양보를 해 줘야겠소. 약속하리다. 여기를 빠져나가자마자 둘을 처치하지. 그 둘을 어디다가 쓴다고 계속 데리고 있겠소? 괜히 음식만 아깝지."

"절대 안 될 말이오. 둘을 당장 죽이시오!"

천상욱이 매서운 눈으로 안영민을 쏘아보았다.

"이봐, 군인 아저씨. 나한테 이래라 저래라 하지 마. 내가 당신보다 계급이 높아. 알아? 당신은 김지원의 시다바리잖아. 나는 대장이라고."

"……."

안영민이 속으로 이를 갈며 다시 부탁했다.

"끙! 알겠소. 그렇게 들렸다면 사과하리다. 하지만 우리의 입장도 생각해 주시오. 저 둘의 목숨이 붙어 있으면 우리는 뭐가 되겠소? 차라리 원하는 게 있다면 요구하시오. 대신 저 둘은 지금 당장 죽여야 하오."

그제야 천상욱의 얼굴에 회심의 미소가 떠올랐다.

"내가 원하는 거?"

"그렇소. 원하는 게 뭐요?"

"김지원의 군수창고에 있는 거 딱 절반만 내놓으쇼. 그럼 당신이 하라는 대로 해 주지."

안영민이 망연자실한 표정으로 천상욱을 바라보았다.

설마하니 이 강도 놈이 그런 엄청난 욕심을 가지고 있을 줄이야! 하지만 군수창고의 결정권은 전적으로 김지원에게 있었다.

"허, 그런 억지 말고, 들어줄 수 있는 걸 말하시오."

"억지라고? 씨발! 뭐가 억지야? 우리가 안전한 곳에 가서 죽이겠다는 게 억지야? 아니면 어디서 총알이 날아올지 모르는데 씩씩하게 걸어 나가라는 게 억지야? 당신도 입이 있으니까 대답해 봐. 누구 말이 더 억지 같아?"

순간 안영민은 망설였다. 그가 진심으로 원하는 게 안전한 귀환인지, 창고 물품의 절반인지 헷갈렸던 것이다. 그의 본심은 무엇일까?

아무리 상대의 얼굴을 뜯어봐도 알 수가 없다.

안영민은 고심 끝에 묘수를 짜냈다.

"하아, 좋소. 창고 물품의 절반을 약속하겠소. 지금 당장 저 둘을 죽이시오."

창고 물품은 김지원의 허락이 없으면 건드릴 수가 없다. 그러니 지금의 약속은 말 그대로 그냥 약속일 뿐이다. 그래도 안영민은 조금의 거리낌도 없이 당당한 표정이다. 상대가 야비하게 나왔으니 자신이라고 그러지 말란 법이 어디 있단 말인가!

이번에는 천상욱의 얼굴이 묘하게 일그러졌다.

군수품의 절반을 달라니 준단다. 그런데 진짜 줄지 안 줄지는 모른다. 그야말로 물품을 받아 보기 전까지는 모를 일이다.

'이 새끼 봐라.'

제법 머리를 쓴다. 그걸 알면서도 천상욱은 넘어갈 수밖에 없었다. 자신이 한 말이 있기 때문이다. 상대가 제법 호탕하게 나오는데 끝까지 물고 늘어지면 부하들 앞에서 체면이 서질 않는다. 이상무라도 살아 있었다면 무슨 수를 냈을 텐데, 안타깝게도 그는 죽었다.

"당신 지금 분명히 절반을 주겠다고 약속했지?"

"그렇소."

"좋아, 남자 대 남자로 그 약속 믿어 주지. 만약 거짓말을 한 거라면…… 당신은 물론 당신의 가족들까지 무사하지 못할 거야."

천상욱은 마지못해 안영민과 타협을 봐야 했다.

밧줄에 꽁꽁 묶여 있던 박영찬과 박세기의 얼굴이 딱딱하게 굳어 갔다.

제7화

나는 나다

천상욱이 핵폭탄파의 서열 3위인 장호식에게 손짓을 했다.

아까부터 연신 천상욱의 눈치를 살피고 있던 장호식이 재빨리 달려왔다.

이상무가 사라졌으니 대대적인 자리변동이 있을 것이다. 장호식은 최대한 빠릿빠릿한 모습을 보여 줄 생각이었다. 이상무의 자리는 단지 힘만 쓴다고 해서 차지할 수 있는 게 아닌 까닭이다.

"예! 큰형님, 부르셨습니까?"

아시아 전쟁 뒤로 조직의 우두머리들은 회장님보다 장군님으로 불리기를 원한다. 하지만 특이하게도 천상욱은 큰형님이라는 소리를 더 좋아했다.

아니나 다를까?

천상욱이 피식 웃으며 장호식에게 말했다.

"지금 애들 시켜서 저 둘을 정리 좀 해야겠다."

"정리 말씀이십니까? 큰형님?"

장호식이 손으로 목을 긋는 시늉을 해 보였다.

"그래, 손님이 보는 앞에서 확실하게 정리해 드려라."

"알겠습니다. 큰형님. 어이! 거기 둘 이리 와 봐라."

장호식의 부름에 근처에서 경계를 서고 있던 남자 둘이 후다닥 달려왔다. 때가 때인 만큼 민첩하기 그지없는 몸놀림 이다.

"석천이! 병호! 니들 오늘 총 생겼지? 기념으로 개새끼 두 마리 좀 잡아야겠다."

텁석부리의 남자 홍석천과 얼굴에 상처가 가득한 손병호는 금세 장호식의 말을 알아들었다.

"알겠습니다요! 형님!"

"예!"

두 사람은 장호식과 천상욱을 향해 허리를 직각으로 꺾어 인사를 올렸다.

곧이어 홍석천이 과장된 몸짓으로 묶여 있는 인질들에게로 다가갔다.

"뭐 하냐? 병호야. 얼릉 잡자."

"예, 형님."

손병호는 순순히 선배인 홍석천의 말을 따랐다. 홍석천은 두 남자를 절반쯤 허물어진 벽을 등지고 꿇어앉게 했다.

그리고 손병호와 함께 그들의 머리에 총구를 들이댔다.

문득 홍석천이 늙은이의 귓가에 나직한 음성으로 말했다.

"개인적으로 감정은 없수. 잘 가쇼."

마지막임을 예감한 박영찬은 지그시 눈을 감았다.

파란 많던 지난날들이 주마등(走馬燈)처럼 눈앞에 떠올랐다.

깊은 한숨이 흘러 나왔다.

탕.

총성과 함께 박영찬의 몸이 스르륵 넘어갔다.

박영찬이 앉아 있던 뒤쪽 벽으로 붉은 피가 사납게 뿌려졌다.

"대장님! 대장님! 야! 이! 개새끼들아! 너희들! 다 죽여 버린다!"

분노한 박세기가 벌떡 일어나 목이 터져라 소리쳤다. 상체를 결박당한 박세기가 할 수 있는 일은 그저 고함을 지르는 일뿐이었다.

"병호야, 뭐 하냐? 빨리 보내 드려라."

"예, 형님."

대답과 함께 손병호는 급하게 방아쇠를 당겼다.

탁.

"헐!"

손병호가 황당한 표정으로 제 손에 들린 엽총을 바라보았다. 작심하고 방아쇠를 당겼는데 하필 불발이다.

"풉! 정말 재미지게 간다."

홍석천이 푸들푸들 웃으며 발광하는 중년의 사내를 바라보았다. 손병호는 허둥지둥 엽총에서 불발탄을 꺼내 버리고, 다시 장전했다.

그러는 동안 홍석천은 빈총으로 사내를 겨누고 입으로 연신 총소리를 냈다.

"탕! 탕! 탕!"

그 보기 드문 광경에 천상욱과 장호식은 물론 근처에서 경계를 서던 대여섯 명의 강도들까지 "와!"하고 웃음을 터뜨렸다.

하지만 그 웃음은 길게 가지 못했다.

* * *

돌아가는 상황을 알 수 없었던 강유진은 일단 딸과 전처를 조용한 외곽으로 대피시켰다. 그리고 그들의 곁에 안상혁을 남겨 두었다. 내친김에 임지연 박사의 연구실까지 달려가 그녀의 안전을 확인한 뒤 거주 지구의 중심부를 가로질렀다.

그때쯤 강도단은 거주 지구를 한바탕 휘젓고 막 발을 빼는 중이었다.

강유진은 정확한 사태파악을 위해 본부로 달려갔다.

총성이 확연히 줄어든 탓에 순간적으로 판단착오를 일으킨 것이다. 이때 강유진은 자경단에서 강도단의 습격을 거의 수습한 것으로 여겼다.

그도 그럴 것이 강남의 자경단은 한반도 최강의 전투부대라고 해도 과언이 아니다. 오죽하면 국가 재건까지 목표로 하고 있을까! 당연히 훈련이 안 된 강도들이 오래 버티지 못하고 달아나야 정상이다.

그 생각은 크게 틀리지 않았다. 확실히 강도들은 소란을 피웠지만, 이내 약탈한 물품과 포로들을 데리고 빠져나가는 데 집중했으니 말이다.

만약 강유진이 '김지원의 보급부대가 강도단과 내통하고 있다'는 사실을 알았다면 결과는 달라졌을지도 모른다.

그러나 그때까지만 해도 그걸 알 수 있는 사람이 없었다. 그 바람에 강유진은 보다 적극적으로 대처하지 못했다. 박영찬 대장과 자경단의 힘으로 충분히 강도들을 격퇴할 수 있다고 믿었기에 직접 맞닥뜨린 경우가 아니면 그냥 무시해 버린 것이다.

하지만 찢어지는 듯한 비명 소리가 모든 것을 바꾸었다.

눈을 헤치며 빠르게 이동하던 강유진은 귀에 익숙한 사람의 울부짖음이 들려왔다.

'박세기?'

그 비통한 음성은 분명히 박세기의 것이었다.

'하지만 그가 왜 강도 소굴에 있단 말인가?'

깜짝 놀란 강유진은 즉시 소리가 들려온 방향으로 달렸다.

그리고 잠시 후 건물의 잔해 사이에서 박세기를 발견할 수 있었다. 그때는 한 강도가 그의 머리에 총을 겨누고 쏘는 상황이었다.

강유진의 입에서 탄식이 흘러 나왔다.

"아!"

손을 뻗었지만, 마법의 발현보다 방아쇠를 당기는 강도의 움직임이 더 빨랐다.

탁.

하늘이 도왔는지 총알은 발사되지 않았다.

곧이어 박세기의 피 끓는 절규와 강도들의 웃음이 뒤섞였다.

순간 강유진의 눈이 박세기와 그 곁에 쓰러져 있는 남자를 훑고 지나갔다. 누군지 알 수 없지만 바닥에 흥건한 피를 보니 사살 당한 듯하다.

강유진의 눈에 살기가 피어올랐다. 멀리 보이는 강도들이 더 이상 사람으로 보이지 않았다. 사람이 사람을 살해하며 희희낙락(喜

喜樂樂)할 수 있다니!

분노한 강유진이 주먹을 말아 쥐었다.

“으아아아!”

갑작스러운 비명과 함께 엽총을 재장전 하던 손병호가 뒤로 날아갔다.

퍼엉—

반파된 콘크리트 벽을 타고 기괴한 소리가 울려 퍼졌다.

사람의 몸이 만들어 낸 것이라 믿기 어려울 정도로 크고 강렬한 소리에 강도들은 하던 일을 멈추었다.

“뭐, 뭐야?”

“무슨 소리야?”

“헉! 저거 뭐야! 왜 저래!”

뒤늦게 소리의 진원지를 발견한 강도들의 입이 쩍 벌어졌다.

미증유의 힘에 의해 내던져진 손병호의 몸이 핏덩어리로 변해 벽을 타고 아래로 서서히 흘러내리고 있었다.

손병호의 죽음을 확인한 텁석부리 홍석천은 반사적으로 고개를 돌렸다.

한 남자가 자신을 향해 일직선으로 달려오고 있다.

불안과 공포에 휩싸인 홍석천은 미친 듯이 방아쇠를 당겼다.

탕, 탕, 탕, 탕.

믿을 수 없게도 남자는 멈추거나 쓰러지지 않았다.

홍석천과 사내의 시선이 허공에서 얽혔다.

홍석천의 입이 저도 모르게 쩍 벌어졌다. 눈을 뜨고 악몽을 꾸는 기분이다. 남자의 몸 앞에 멈춰 선 총알과 눈에 익은 얼굴에서 시선을 뗄 수가 없다.

마치 시간이 멈춘 것 같았다.

눈송이가 떨어져 내리듯, 총알이 바닥으로 천천히 떨어져 내렸다. 그 이질적인 장면에 넋을 놓고 있던 홍석천은 저도 모르게 비명을 내지르고 말았다.

"으아악!"

놈이다. 가벼운 손짓 하나로 동료들을 하늘로 날려 버리던, 젓밥이라고 생각했지만 슈퍼맨 같은 힘을 가진 악마. 사람이 죽건 말건 신경 쓰지 않고 공깃돌 다루듯 몸을 허공으로 내던지던 공포의 대마왕. 그가 총알마저도 튕겨 내며 달려오고 있었다.

강도의 무리 중 선두에 속해 있던 홍석천은 황급히 몸을 돌렸다.

달아나려는 것이다.

그러나 홍석천은 간절한 마음과 달리 조금도 움직이지 못했다.

강유진의 전신에서 피어난 힘이 그를 찍어 눌러 옴짝달싹 하지 못하게 하고 있었던 것이다.

"이 개자식들아!"

강유진은 진짜 야생마처럼 달려가 거칠게 주먹을 휘둘렀다.

퍽.

둔탁한 소리와 함께 홍석천의 몸은 강도들이 모여 있던 곳으로 날아갔다.

홍석천의 입에서 "컥" 하고 답답한 신음이 터져 나왔다. 그것으로 끝이었다. 그는 단 한 주먹에 가슴이 함몰된 채로 즉사하고 말았다.

분노한 강도들이 강유진에게로 몰려갔다.

"죽여!"

"뒈지려고 환장한 새끼!"

"저 새끼 포를 떠 버려!"

"발라내!"

남자가 빈손임을 알아챈 강도들은 총 대신 칼을 빼 들었다. 상대를 단번에 죽이고 싶지 않아서다. 강도들은 자신들의 숫자와 능력을 믿었기에 상대를 뜻대로 요리할 수 있다고 생각했다. 강유진의 주먹 한 방에 80키로나 되는 홍석천의 육중한 몸이 5미터 이상 뒤로 날아갔지만, 집단적인 흥분 상태는 그걸 잊게 만들었다.

강유진은 가장 먼저 찔러 오는 남자의 칼을 뒤로 흘렸다.

그리고 남자의 옆구리에 손바닥을 댔다.

"펑" 소리와 함께 남자의 몸이 한쪽으로 날아갔다.

두 번째 남자의 몸과 엇갈렸다.

그의 몸도 왔던 방향으로 튕겨져 나갔다.

세 번째 남자의 몸이 튕겨져 날 때쯤에야 강도들은 정신을 차렸다. 강유진은 마치 양떼들 사이에 뛰어든 한 마리 야수 같았다.

그의 손이 닿을 때마다 강도들은 외마디 비명과 함께 낙엽처럼 훌훌 날아갔다. 그리고 땅에 처박힌 뒤로 다시는 움직이지 않았다. 모두 즉사한 것이다.

눈 깜짝할 사이에 칼을 든 남자 넷이 목숨을 잃었다.

그제야 강도들은 뒷걸음질 치기 시작했다.

눈치 빠른 자들은 칼 대신 다시 총을 뽑아 들었다.

"죽어!"

탕, 탕, 탕, 탕—

뒷걸음치던 강도들은 누가 먼저랄 것도 없이 총을 쏴 댔다.

그러자 느긋하게 구경하고 있던 뒷줄의 강도들까지 놀라서 총질을 했다.

"크!"

"아악!"

강유진의 근처에 있던 강도들이 눈먼 총에 맞아 픽픽 쓰러졌다.

그 혼전의 와중에도 강유진은 달아나는 강도들을 악착같이 따라붙었다. 그의 주먹이 휘둘러질 때마다 비명과 함께 강도들이 몸이 날아갔다.

"저거 뭐야? 왜 안 죽어?"

천상욱이 황당한 얼굴로 장호식을 바라보았다.

장호식이라고 그 이유를 알 리가 없다.

"형님, 원래 권총이 명중률이 낮지 않습니까?"

"아! 씨발, 권총…… 진짜 젓 같네."

천상욱이 신경질적으로 권총을 허리에 꽂았다.

그리고 옆에 있던 부하의 손에서 칼빈(M1 소총)을 빼앗아 들었다. 전쟁 전 예비군 훈련장에서 가지고 놀던 총이라 그런지 손에 익숙한 느낌이 든다.

천상욱이 방아쇠를 당긴 건 여덟 번째 부하가 쓰러졌을 때다.

타앙.

"아! 씨발, 뭐야? 왜 안 맞아?"

천상욱의 얼굴이 붉게 달아올랐다.

상대는 쓰러지지 않았다. 거리라고 해 봐야 고작 20미터 남짓. 이 정도 거리라면 돌을 던져도 맞힐 수 있다. 그런데 칼빈 소총으로 정조준을 해서 쐈는데도 맞지 않았다.

천상욱은 "운 좋은 새끼"라고 중얼거리며 다시 방아쇠를 당겼다.

타앙, 타앙—

여전히 사내는 미친개처럼 날뛰고 있다.

쓰러진 부하들은 한눈에 보아도 열이 넘는다. 경비대와 총격전으로 죽은 부하들까지 합치면 벌써 절반을 잃은 셈이다. 안영민도 널브러진 부하들의 시체 사이에 누워 있었다. 이대로라면 강남에서 빠져나가지 못할 수도 있다는 불안감이 싹텄다.

"뭐 해, 새끼들아! 쏴! 죽이라고!"

천상욱의 외침에 핵폭탄파의 강도들은 미친 듯이 총질을 해 대기 시작했다.

탕. 타탕. 탕. 타타탕. 탕.

한동안 뜸하던 총 소리가 다시 요란하게 울려 퍼졌다.

강유진은 갑자기 총알이 빗발치듯 떨어지자 짜증 어린 눈으로 강도들을 쏘아보았다.

마음이 움직이자 가장 먼저 바람의 정령 벤투스가 튀어나왔다.

과거 '모트 자인'이라는 마법으로 불리던 '죽음의 화살'이 강도들을 향해 쏘아져 갔다.

퍼퍼퍼퍽.

“컥!”

“크악!”

“뭐, 뭐야?”

열 명이나 되는 강도가 온몸으로 피를 뿜어내며 쓰러졌다.

“아아악! 살려 줘!”

단숨에 숨이 끊어지지 않은 몇 사람이 비칠거리며 강도들 사이를 걸어 다녔다. 그들의 몸은 마치 고장 난 분수대처럼 사방으로 붉은 피를 뿌려댔다.

그제야 사태의 심각성을 깨달은 천상욱이 장호식을 불렀다.

“호식아! 저거 뭐냐? 왜 안 죽냐?”

“모, 모르겠습니다! 형님, 애들이 거의 다 죽었습니다! 이제 어떻게 합니까?”

천상욱이 급히 주위를 둘러보았다.

살아남은 부하들은 고작 다섯.

남자는 총이 두렵지 않은 듯 숨지도 뛰지도 않고 무식하게 걸어오고 있었다.

오히려 자기 부하들만 이유도 모른 채 죽어 나가고 있다.

천상욱이 살길을 모색하고 있을 때다.

‘퍽!’ 소리와 함께 곁에 서 있던 장호식의 이마에서 검붉은 피가 튀었다.

장호식은 비명을 지르지도 못하고 놀란 표정 그대로 넘어갔다.

그리고 장호식의 뒤에 서 있던 두 명의 부하가 외마디 신음과 함께 추가로 쓰러졌다.

깜짝 놀란 천상욱은 반사적으로 고개를 돌렸다. 30미터쯤 앞에 박세기가 오연한 자세로 서 있었다. 그의 손에는 자신의 부하가 떨구었을 게 분명한 소총 한 자루가 들려 있었다.

"이런 씨벌!"

어물어물하는 동안 모두 죽고 혼자 남았다. 마치 악몽을 꾸고 있는 것처럼 현실감이 없다. 하지만 본능은 말하고 있었다. 꿈이든 현실이든 이 자리를 피해야 한다고.

천상욱은 달아나기 위해 몸을 틀었다.

그러나 안타깝게도 그것이 다였다.

어느새 다가간 강유진이 천상욱의 머리털을 움켜쥐었다.

"큭! 놔!"

옴짝달싹 못하게 된 천상욱은 재빨리 뒤쪽으로 권총의 총구를 들이밀었다.

실전에서 다져진 귀신같은 순발력이다.

그리고 상대의 몸이라 생각되는 곳을 향해 탄창이 빌 때까지 방아쇠를 당겼다.

탕, 탕, 탕—

강유진은 천상욱의 머리를 잡고 잠시 한숨을 돌렸다.

박세기가 이를 갈며 달려왔다.

"강 선생님! 그 개새끼가 대장님을 죽였습니다!"

"박영찬 씨를요?"

강유진이 놀란 눈으로 멀리 쓰러져 있는 남자의 시체를 바라보았다.

아아! 유심히 보니 낯익은 상체다.

처음에 보았던 저 시체가 박영찬 대장이었을 줄이야.

강유진은 망설임 없이 남자를 박세기에게 넘겨주었다.

박세기는 강유진처럼 천상욱의 머리털을 움켜쥐고 주먹을 휘둘렀다.

"이 개자식아! 내가 죽인다고 했지! 죽어! 죽어!"

퍽. 퍽. 퍽. 퍽.

천상욱의 머리와 박세기의 주먹에 누구의 것인지 모를 피가 맺혔다.

박세기는 그것으로도 분이 풀리지 않는지 천상욱을 박영찬 대장의 시체가 있는 곳으로 질질 끌고 갔다.

그리고 박영찬 대장의 피로 물든 벽에 천상욱의 머리를 박았다.

쿵. 쿵. 쿵.

"으아아아!"

정작 정신을 잃은 천상욱은 신음 하나 없었지만 박세기의 입에서 절규가 터져 나왔다.

박세기는 천상욱의 머리가 부서져 뭉그러질 때까지 멈추지 않았다.

*　　*　　*

한참 만에 분이 풀린 박세기가 천상욱을 내던졌다.

숨이 끊어진 천상욱의 몸이 강도들 시체 곁에 내동댕이쳐졌다.

힘을 다 소진했는지 어깨를 들썩이며 숨을 몰아쉬고 있는 박세기에게 강유진이 다가갔다.

"자경단에 무슨 일이 일어났던 겁니까?"

"김지원의 부대가 배신을 했습니다."

"배신요?"

강유진이 믿어지지 않는다는 얼굴로 박세기를 바라보았다.

'아무리 김지원의 속이 좁다고 해도 설마 배신까지 했을라고?'

그러나 이어지는 박세기의 말에 강유진은 고개를 설레설레 젓지 않을 수 없었다.

"강도단이 은밀하게 거주 지구까지 침투하고, 같은 시간 저와 박영찬 대장님이 김지원 부대의 기습 공격을 받았습니다. 그리고……."

박세기는 포로로 잡혀 있을 때 김지원의 부하인 안영민이 와서 천상욱과 나눈 대화를 들려주었다.

"아! 진짜 나쁜 놈이었군요."

강유진은 김지원의 이기심에 질리고 말았다.

현역 군인이 강도단과 손을 잡고 쿠데타를 일으키다니!

"지금도 여기를 포위하고 있는 건 김지원의 보급부대입니다. 우리가 나가면 총질부터 해 댈 겁니다."

"그럴지도 모르겠군요."

"그러고도 남을 놈들입니다. 강도들보다 더 나쁜 놈들이죠."

고개를 끄덕이던 강유진이 물었다.

"이제 어떻게 할 생각입니까? 외부에 나간 자경대원들도 돌아올 시간이 된 것 같은데……."

"동포를 배신하고 대장님을 죽게 만든 놈들입니다. 복수를 해야죠."

박세기는 암암리에 강유진의 눈치를 살폈다.

강유진이 도와준다면 다른 대원의 손을 빌릴 것도 없이 지금 복수가 가능하다. 하지만 강유진은 강도들을 죽인 것으로 어느 정도 분노를 가라앉힌 것같이 보였다. 엄밀히 말하자면 이건 자경단 내부의 문제와 자경단과 강도단의 전쟁으로 발생한 일이다. 게다가 강유진의 신분은 자타가 공인하는 일반시민. 그런 그에게 자경단의 힘으로 해결 가능한 일을 도와 달라고 하기가 망설여졌다.

강유진은 복수라는 말에 특별히 자신의 입장을 밝히지 않았다. 동포를 배신했다는 박세기의 말에 문득 옛일이 떠올라서다. 더구나 말을 들어 보니 자경단 내부의 알력으로 생긴 일이다. 자경단원이 아닌 자신이 그와 함께 복수 운운한다는 것도 이상했다.

그러는 동안 박세기는 포로로 잡혀 있던 여자들을 모두 풀어 주었다. 여자들이 박세기와 강유진에게 쉬지 않고 머리 숙여 인사했다.

박세기는 여자들을 안전한 곳으로 데리고 갔다.

그러는 동안 강유진은 공터 중앙으로 고개를 돌렸다.

오십여 명의 강도들 안쪽에 삼십여 명의 젊은 여자들이 웅크리고 앉아 있었다. 눈물로 범벅인 얼굴을 보니 거주 지구에 있던 시민들 같다.

잠시 한숨을 내쉬던 강유진은 자리에서 일어섰다.

복수는 둘째 치고 지금은 여자들을 구해야 할 때였다.

강유진은 중앙에 자리한 또 다른 강도단을 제압하기 위해 뚜벅뚜벅 걸어갔다.

그러자 기다렸다는 듯 숨어 있던 김지원의 부대가 강유진에게 총격을 가해 왔다.

타탕, 탕, 탕, 탕.

피잉, 핑— 쉬이익—

총탄이 대기를 가르는 끔찍한 소리가 강유진의 주변에서 쉬지 않고 울렸다.

또다시 시작된 총격에 신세기파 강도들의 시선이 한쪽으로 향했다. 그리고 자신들에게로 다가오고 있는 남자를 발견하고 웅성거렸다.

"와우! 씨벌! 저거 뭐야?"

"누구지? 간이 제대로 부었는데!"

신세기파의 강도들은 강유진에게 핵폭탄파가 몰살당한 것을 모른다. 그래서 지금 자경단에게 공격을 받고 있는 강유진을 핵폭탄파의 사람이라고 믿었다.

박시원은 태연하게 걸어오고 있는 남자의 대범함에 혀를 내둘렀다.

"형씨! 다른 일행은 어쩌고 혼자요?"

강유진이 건물의 잔해 사이로 머리를 내밀고 외치는 사내를 힐끔 쳐다보았다.

"너 같은 동생 둔 적 없다."

"……."

한순간 박시원은 자신이 잘못 들었다고 생각했다.

그래서 다시 뭐라고 말하려는 순간 얼굴 옆으로 탄환이 스치고 지나갔다.

피잉.

깜짝 놀란 박시원은 벽 뒤에 숨어 자라처럼 목을 움츠렸다.

그러고 보니 사내가 다가올수록 자신들에게 총탄이 날아들고 있었다. 이래서야 자경대와 본격적인 총격전이 다시 벌어진 것이나 다름없다.

뒤늦게 '아차!' 하는 생각에 박시원이 뒤를 돌아보았다.

그러나 일은 이미 벌어진 뒤였다.

김지원의 부대는 강도단을 향해 부채꼴 모양으로 흩어져 있었다. 처음에 그들은 강도단과 교전했지만 그것도 잠깐이다. 지금 그들의 목표는 의심할 여지없이 강유진이었다.

그 일이 벌어지지 않았다면 강유진의 첫 번째 목표는 끝까지 강도단이었을 것이다.

그러나 강유진은 물론 김지원의 부대도 미처 생각하지 못한 것이 있다.

그것은 강유진이 강도단에게 다가갈수록, 김지원의 부대가 가리키는 총구의 방향도 강도단 쪽으로 좁혀지게 된다는 점이다.

몇 개의 탄환이 강도들의 포획물 신세로 전락하고 만 여자들에게 날아들었다.

웅크리고 있던 한 여자가 총탄을 맞고 외마디 비명과 함께 나뒹굴었다.

악!

꺄악!

여자들의 비명에 강유진은 시선을 돌렸다.

김지원을 따르는 부대원들의 총에 여자가 맞은 모양이다. 숨는다고 숨었지만 눈먼 총알에 희생자가 나온 것이다.

그럼에도 불구하고 뒤쪽에서의 총격은 멈출 기세가 아니다. 강도단에게 다가갈수록 거리가 벌어지니, 조금이라도 가까울 때 쏘자는 심보이리라.

이글거리는 눈으로 정면을 노려보던 강유진은 즉시 돌아섰다.

생각해 보면 강도나 김지원의 부대나 다를 바가 없다. 아니, 어떤 면에서는 김지원의 부대가 더 인질들에게 치명적이었다. 최소한 강도들은 그들이 노략질한 여자들에게 총을 쏘지는 않았다. 나중이 되면 어떻게 변할지 모르지만 말이다.

몇 걸음 내딛자 강도단에게로 날아가던 총탄이 눈에 띄게 줄어들었다.

강유진은 내키지 않는 표정으로 김지원의 부대원들을 바라보았다. 강도들과 달리 깨끗한 복장에 깔끔한 얼굴들이다. 겉모습만 보아서는 시민을 지키는 자경단이다.

문득 강유진과 남자의 시선이 마주쳤다.

막 방아쇠를 당기려던 남자의 얼굴에 연민의 빛이 떠올랐다.

'장군님과 틀어지지만 않았다면 이렇게 죽을 일은 없었을 텐데…….'

하지만 상대는 줄을 잘못 섰다. 박영찬 대장을 믿고 설칠 게 아니라 김지원 장군을 따랐어야 한다.

남자는 떨떠름한 표정으로 방아쇠를 당겼다.

타앙.

사격 직후에 남자가 인상을 찡그렸다.

200미터가 안 되는 거리에서 조준사격이 빗나갔다.

아무리 상대가 움직이고 있다고 해도 믿기 어려운 일이었다.

"하아!" 하고 한숨을 내쉬던 남자는 다시 소총의 가늠쇠에 눈을 댔다.

그때 표적인 강유진이 이해할 수 없는 행동을 했다.

몸을 잔뜩 웅크리고 뛰어도 시원치 않은 판국에 멈춰 서서 두 손을 아래로 늘어트린 것이다. 어찌 보면 인생을 포기한 사람의 모습이다.

'뭔가 있어 보이더니 그냥 미친놈이었나?'

남자의 얼굴에 '피식' 하고 웃음이 피어오를 때다.

우두커니 서 있던 강유진이 짧고 강하게 소리쳤다.

"클레베스!"

쩌저저적—

와르르르. 쿠쿵.

"컥!"

"으악!"

갑작스러운 지진으로 땅이 갈라지고, 위태롭게 서 있던 건물들이 폭삭 무너져 내렸다.

건물에 숨어 있던 김지원의 부대는 눈 깜짝할 사이에 매장되고 말았다.

…….

한순간 총성이 멎었다.

반파된 뒤에도 꿋꿋하게 자리를 지키고 있던 십여 채의 빌딩이 거대한 콘크리트 무덤으로 변하기까지 걸린 시간은 고작 몇 초에 불과했다.

강유진은 무덤으로 변한 콘크리트 더미로 다가갔다.

거대한 콘크리트 조각에 하반신이 깔린 남자가 고개를 들어 올렸다.

짧은 시간이지만 얼마나 피를 잃었는지 얼굴이 허옇게 변해 있었다.

"후후, 운이 좋은 사람이군……."

죽음을 예감한 남자는 도리어 푸들푸들 웃었다. 굶어 죽지 않으려고 별짓을 다 했는데, 지진을 만나 죽게 되었으니 웃기지도 않다.

"……살아 있을 때…… 잘 살아 봐……."

그 말을 끝으로 남자는 고개를 떨구었다.

강유진이 착잡한 심정으로 남자를 내려다볼 때다.

어디선가 김지원이 튀어나왔다. 단정하던 옷은 찢어져 있고, 머리에서도 연신 피가 흘러내리고 있었다.

"더럽게 운 좋은 새끼! 그래도 너는 이제 끝났어! 알아? 이 새끼야! 끝이라고! 개새끼야!"

김지원이 핏발선 눈으로 강유진에게 폭언을 퍼부었다.

"어떻게 끝낼 건데?"

강유진의 표정은 어딘지 우울해 보였다.

자신의 손으로 생매장한 수십 명의 목숨 때문이다. 비록 그들이 강도만도 못한 짓을 했지만, 그래도 한때는 자경단의 일원으로 일하던 평범한 사람들이었다.

"이 새끼가 겁도 없네. 내가 못 쏠 거라고 생각하는 모양이지? 아니면 간이 부었든지."

김지원은 먹이를 앞에 둔 포식자처럼 행세하려고 했다.

그런 김지원을 물끄러미 바라보고 있던 강유진이 한숨을 길게 내쉬었다.

악연도 인연이라던 누군가의 말이 떠올랐다.

“김지원이라고 했나? 보내 줄 테니까. 이쯤에서 그냥 가라. 강남에서는 더 이상 살 수 없겠지만, 강남에만 사람이 살 수 있는 것도 아니다. 그러니 나가서 재주껏 살아남아 봐라.”

김지원이 황당하다는 표정으로 강유진을 쓸어 보았다.

“이런! 개자식이 아주 제대로 지랄을 하네. 누가 누굴 보내 준데? 혹시 미친 척하면 살려 줄까봐 그러냐? 아서라, 작전 잘못 세웠다. 죽고 싶지 않겠지만, 넌 너무 멀리 나갔어. 그러니까 그만 죽어라!”

김지원이 방아쇠를 당겼다.

탕, 탕, 탕.

두세 걸음 앞에서 쏜 총이다.

아무리 권총의 명중률이 떨어진다고 해도, 몸에 구멍이 숭숭 나야 맞다.

쉬이이잉—

김지원의 멍한 얼굴로 강유진의 가슴을 바라보았다.

그의 가슴 앞에서 고속으로 회전하는 총알을 보고 있노라면 SF

영화의 특수 효과 같다. 하지만 지금 자신은 영화를 보고 있는 것이 아니다.

곧이어 회전을 멈춘 총알이 지면으로 후드득 떨어져 내렸다.

문득 이현도 장군의 말이 떠올랐다.

> "김 장군, 웬만하면 잊어라. 그분은 대천사 가브리엘이야. 그분에 비하면 자네와 내가 달았던 별은 그저 똥별이라고. 내 말 믿어."

강유진이 김지원의 손에 들린 권총을 잡아 갔다.

김지원은 맥없이 손에서 힘을 풀었다. 권총을 회수한 강유진이 김지원의 앞으로 한 걸음 성큼 다가갔다.

그리고 힘껏 김지원의 뺨을 후려쳤다.

철썩.

"박영찬 대장님을 배신한 대가다."

철썩.

"지금은 박세기 씨를 배신한 대가고……."

입술이 터졌는지 김지원의 입에서 피가 흘러나왔다.

그래도 김지원은 신음 소리를 낸다거나 몸을 움츠리지 않았다.

강유진은 마지막으로 한 차례 더 따귀를 날렸다.

철썩.

김지원의 고개가 고장 난 인형의 머리처럼 한쪽으로 돌아갔다.

"이건 나에게 총질을 한 죄다."

김지원은 혼미한 정신을 수습하기 위해 머리를 세차게 흔들었다. 그리고 일체의 의욕이 사라진 눈으로 강유진을 응시했다.

"당신은 대체 누구요? 정말 사람들이 말하는 가브리엘이요?"

"헐! 가브리엘? 나는 그냥 나다."

멍하니 강유진을 바라보던 김지원이 고개를 떨구었다.

그가 가브리엘이건 혹은 그 밖의 무엇이건 자신의 적이라는 사실에 변함은 없다.

"……깔끔하게 죽여 주시오."

"이봐, 죽고 사는 건 당신의 운이야. 그걸 나에게 강요하지 마. 당신은 오늘 운이 좋았던 거야. 지진에도 살아났으니까. 하지만 박세기 씨는 나와 다른 생각일 테니, 살고 싶으면 빨리 떠나는 게 좋을 거야. 박세기 씨 눈에 뜨이면 잘못을 빌 틈도 없이 죽게 될 테니…… 가족들은 살아야 하지 않나."

강유진이 그를 살려 주기로 한 것은 그의 가족들을 생각해서다. 김지원이 죽는다면 그의 아내와 딸은 강남에서 쫓겨나 하루를 넘기지 못할 터였다.

가족이라는 말을 듣고서야 흐릿하던 김지원의 눈에 생기가 돌았다.

강유진의 말대로다. 만약 자신이 이대로 죽는다면 강남에서 쫓겨난 가족들도 곧 살해당할 것이었다.

"고맙소."

"고마울 건 없고. 그렇다고 악연이 선연이 되는 건 아니니까."

"……."

김지원이 복잡한 눈으로 강유진을 바라보았다.

생각해 보면 이 한 사람을 건드려 모든 걸 잃어버렸다. 그전에도 박영찬과의 알력이 존재했지만, 지금처럼 생사를 건 정도는 아니었다. 그러나 이 사내가 등장함으로써 모든 상황이 극단으로 치달았다. 이제 와 자신의 권력과 물욕, 그리고 속물스러움을 원망해 봤자 속만 쓰릴 뿐이다. 되돌리기에는 너무 많은 사람이 죽었다.

'강남은, 아니, 재건정부의 주인은 박세기가 되는 건가?'

박세기에 생각이 미치자 겁이 덜컥 났다.

강유진의 말대로 박세기는 자신을 용서하지 않을 것이다.

김지원은 거대한 콘크리트 무덤을 다시 한 번 보고는 돌아서서 집으로 달려갔다.

제8화

악마를 추방하기 위한 모임

신세기파의 경우 넋이 나간 얼굴들이다.

남자가 멈춰 서서 뭐라고 소리치자 반파되었던 십여 채의 빌딩들이 폭삭 주저앉았다. 그 뒤 누군가 뛰어나와 남자에게 총질을 했다. 두세 걸음 떨어진 자리였으니 죽어도 서너 번은 죽었어야 한다. 그러나 남자는 멀쩡해 보였다. 그 뒤 총을 들고 있던 사내는 그에게 자발적으로 총을 내주고 싸대기를 얻어맞았다.

'저게 무슨 병신 같은 짓이지?'

선두에 서서 누구보다 자세히 보고 있던 박시원이 눈살을 찌푸렸다.

눈썰미가 좋은 박시원은 싸대기를 맞은 남자가 김지원이라는 것을 알았다. 그 김지원이 총을 내주고 싸대기를 맞은 것이다.

'그건 그렇고, 총을 세 발이나 맞았는데. 왜 멀쩡하지?'

고민하고 있는 박시원에게 신세기파의 두목인 나한열이 다가갔다.

"너도 봤지? 뭐야, 씨벌. 김지원이 설마 비비탄을 쐈을 리는 없고……."

"형님도 보셨습니까?"

"당근. 김지원의 부대가 그렇게 총질을 해 대는데 못 보면 이상하지. 근데 저 인간 뭐냐? 뭐라고 소리치니까 빌딩이 무너지고, 총 맞아도 아무렇지도 않은 것 같고. 살 떨려 죽겠네."

"형님, 과학적으로 생각하면 무서울 게 없습니다. 폭약 같은 걸 미리 설치했다가 일행에게 신호를 보낸 거겠죠. 원래 마술사들이 공연할 때 그렇게 짜고 하지 않습니까?"

"그건 그런데, 지금이 짜고 할 분위기는 아니지 않냐? 누가 본다고?"

"아, 예, 일단, 상식적으로 그렇게 보인다는 뜻에서 드린 말씀입니다."

박시원이 말을 얼버무렸다. 자기도 이상하다는 걸 알지만 달리 설명할 방법이 없지 않은가!

"어? 씨벌! 저 사람 이쪽으로 온다!"

나한열이 놀란 눈으로 소리쳤다.

나한열의 말에 박시원은 반사적으로 고개를 돌렸다.

귀싸대기를 얻어맞던 김지원은 어디로 갔는지 보이지 않고, 그가 다시 자신들이 있는 곳으로 걸어오고 있었다.

나한열과 박시원은 바짝 긴장했다.

주위를 둘러보던 박시원이 나한열에게 바싹 붙었다.

"형님, 아까부터 핵폭탄파 애들이 보이질 않습니다."

"진짜?"

"예. 아예 씨가 말랐습니다. 그 새끼들 먼저 내뺀 걸까요?"

나한열이 얼굴이 벌겋게 달아올랐다.

"아! 그 개새끼들! 아무리 도적질로 먹고사는 새끼들이라고 해도 기본이 있지. 씨벌! 이렇게 동업자를 엿 먹여? 가만, 그럼 저 인간은 누구야? 핵폭탄파 아냐?"

나한열과 박시원은 거의 동시에 다가오는 남자의 얼굴을 살폈다.

"아무리 봐도 분위기가 이쪽이 아닌데요?"

"그렇지? 졸라 모범시민 티가 나네. 그래도 확인해 봐. 만에 하나라는 게 있으니까."

"알겠습니다."

박시원이 앉은걸음으로 담벼락 뒤까지 이동했다.

그리고 머리를 살짝 내밀었다.

사내와의 거리는 대략 20미터.

"형씨! 그쪽은 핵폭탄 식구요?"

"아니다."

"그럼 누구요?"

그러는 동안 사내는 10미터 앞까지 다가왔다.

이젠 서로의 표정까지 살필 수 있는 거리다.

박시원의 목울대로 마른침이 꿀꺽 하고 넘어갔다. 무장을 한 것도 자기 쪽이고 부하도 수십 명이나 있는데 긴장이 됐다.

"이 동네 주민이시다."

그 말에 박시원이 소총으로 사내를 겨누었다.

"멈춰! 움직이면 쏘겠다!"

강유진이 멈춰 섰다.

…….

묘한 침묵이 흘렀다.

문득 박시원은 팔을 늘어뜨리고 서 있는 상대의 모습에 너무 놀라 가슴이 철렁했다.

저 모습은 빌딩을 폭파시키지 직전에 보여 주던 것과 같지 않은가!

박시원은 저도 모르게 방아쇠를 당기며 소리쳤다.

탕, 탕—

"뭐 해! 쏴! 이 새끼들아! 죽이라고!"

그제야 강도들도 미친 듯이 총을 쐈다.

탕, 타탕, 탕—

강유진은 빗발치는 총탄을 뚫고 박시원에게 걸어갔다. 그리고 그의 멱살을 잡아 자신의 앞에 세웠다. 누가 봐도 박시원을 총알받이로 만든 모습이다.

박시원은 사내가 내뿜는 가공할 기세에 너무도 놀라 감히 저항할 생각도 하지 못했다.

곧이어 강유진이 박시원의 팔을 비틀어 꺾고 귓가에 속삭였다.

"어디 강도들의 의리를 좀 볼까?"

뒤늦게 정신을 차린 박시원이 강도들과 눈을 맞추며 소리쳤다.

"그만! 쏘지 마! 쏘지 마, 새끼들아!"

박시원의 명령에 강도들이 하나둘씩 사격을 멈췄다.

그러나 신세기파의 두목은 나한열이다.

사내가 박시원을 볼모로 다가오자 나한열이 버럭 소리를 내질렀다.

"뭐 해! 새끼들아! 쏴! 어쩔 수 없잖아! 쏴! 이 새끼들아!"

머뭇거리던 강도들이 다시 총을 들어 올렸다.

맞다. 정말 어쩔 수가 없다. 저 사내가 안쪽으로 뛰어들면 마음껏 총질도 하지 못하게 된다.

타앙—

누군가 어설프게 방아쇠를 당겼다.

재수 없게도 그 한 방에 박시원은 복부를 맞았다. 워낙 가까운 거리다 보니 사격 실력과는 별로 관계가 없는 상황이었다.

누가 쏘더라도 백발백중일 것이다.

"컥!"

박시원이 비명과 함께 픽 늘어졌다.

곧이어 망설이던 강도들이 총을 쏴 대기 시작했다.

타타탕. 탕. 탕.

박시원의 몸이 삽시간에 벌겋게 물들었다.

"독한 놈들."

강유진이 박시원의 시체를 한쪽으로 내던졌다.

피피핑, 피핑, 핑—

계속해서 총알이 강유진의 좌우로 스쳐 지나갔다.

"모트자인!"

강유진의 눈이 닿는 곳마다 바람의 정령 벤투스가 만들어 내는 '죽음의 화살' 이 파고들었다.

머리를 쳐들던 강도들은 영문도 모른 채 픽픽 쓰러졌다. 그들의 이마 정중앙에는 손가락이 들어갈 정도 크기로 구멍이 뚫려 있었다.

부하들을 절반쯤 잃자 나한열은 정신이 번쩍 들었다.

'저, 저놈은 악마다! 악마야!'

놈과 눈만 마주쳐도 사람이 죽어 나자빠지니 틀림없는 악마다.

나한열은 슬금슬금 한쪽 구석으로 빠졌다.

그러나 살아남은 다른 부하들도 눈치가 보통 빠른 게 아니다.

어느 틈에 휘몰아치던 총성은 사라졌다.

공황상태에서 발작적으로 쏘는 놈들도 있었지만 대부분은 퇴로를 물색하는 분위기다.

그중 하나가 가까이에 있던 여자 하나를 잡아 일으켜 세웠다.

"씨발! 오지 마! 난 이대로 돌아갈 테니 가까이 오지 마! 이쪽으로 오면 이년은 죽는다!"

강도의 말에 강유진이 고개를 돌렸다.

상대와 눈이 마주치자 사내의 얼굴은 이내 절망으로 물들었다.

'아차! 씨벌!'

생각해 보면 자신이 얼마나 멍청한 짓을 하고 있는지 알 수 있다. 눈만 마주쳐도 죽는데 협박이라니?

"제, 제발, 살려 줘……."

퍽.

강도의 머리가 마치 잘 익은 수박처럼 산산이 부서졌다.

멀찍이서 보고 있던 나한열은 속으로 혀를 차며 더욱 빠르게 몸을 놀렸다.

'쯧쯧! 바보 같은 새끼. 저 악마에게 그따위 협박이 통할 거라고 생각했나?'

놈이 바라보기만 해도 죽어 나가는데 협박이라니? 그럴 시간에 차라리 한 걸음이라도 더 이 지옥에서 벗어났어야지!

'병신, 어디서 되지도 않을 협박을…….'

나한열은 마침내 건물 모퉁이에 몸을 숨길 수 있었다.

악마의 시야에서 벗어난 것이다.

나한열이 벽에 기대앉아 한숨을 길게 내쉴 때다.

탕.

한 발의 총성과 함께 나한열의 몸이 옆으로 쓰러졌다.

숨진 나한열의 옆으로 박세기가 조용히 지나갔다.

운 좋게 강유진의 시선을 피해 달아난 강도는 박세기의 몫이었다. 박세기는 멀찍이서 강도들을 지켜보다가 차례로 처리했다.

이날 강유진과 박세기를 피해 달아난 강도는 고작 셋에 불과했다. 오십 명이 왔다가 세 사람만 살아 돌아간 것이다.

외곽 경비대원들이 피바다파의 견제를 뚫고 돌아왔을 때 강남에 더 이상 살아 움직이는 강도는 없었다.

*　　　*　　　*

박영찬 자경대장의 장례는 그날 사망한 다른 자경대원들과 합동으로 치러졌다. 김지원 부대는 완전히 해체됐다. 작전에 참가하지 않은 보급부대원 다섯이 살아남았지만 그들은 김지원 부대라는 이름을 버렸다. 그리고 선배들의 잘못을 씻겠다며 자경대에 편입시켜 주기를 희망했다.

위원회는 박세기를 자경대의 대장으로 임명하고 자경대를 다시 추슬렀다.

그렇게 김지원 부대의 반란은 일단락됐다.

그러나 후유증은 컸다.

인질로 잡혔다가 풀려난 여자들의 입이 문제였다.

강도단이 진압된 지 하루 만에 강유진이 악마라는 소문이 돌기 시작한 것이다.

문명의 후퇴는 미신의 발달을 가져온다.

위원회는 시민들에 의해 거의 매일 제기되는 악마 추방 요구에 골치를 썩여야 했다.

보름이 지나자 시민들은 '위원회가 일을 제대로 처리하지 않는다'는 이유로 '악마를 추방하기 위한 모임'을 결성했다. 평소 위원회에 불만을 가지고 있던 시민들이 가세하자 모임은 위원회를 견제하는 세력으로 급부상했다. 그들은 과거 시민운동의 경험을 기반으로 과격하고 집요하게 악마의 추방을 요구했다.

자칭 "악추모" (악마를 추방하기 위한 모임의 약자)는 매일 위원회를 항의 방문하고, 악마를 경계하자는 전단지를 제작해 시민들에게 배포했다. 악추모 회원들 중 악마에 대한 두려움으로 일을 하는 사람은 소수였다. 회원의 대다수는 위원회를 물 먹이기 위한 방편으로 악마 추방 운동을 벌여 나갔다.

위원회와 박세기는 "악추모"의 건의를 묵살하고 기회가 될 때마다 강력하게 경고했다.

그러나 지배 세력의 반대가 심할수록 악추모는 전의를 더욱 불태웠다. 그들은 위원회가 이미 악마의 세력에게 넘어갔다고 결론 내렸다. 그리고 한 달쯤 지나자 마침내 위원회에 대한 "시민 불복종 운동"이 슬슬 "악추모" 회원들의 입에서 오르내렸다.

오랜만에 오피스텔에 놀러온 강하연이 비스킷을 손가락으로 뜯어먹으며 물었다.

"아빠, 요즘 학교에서 아빠를 뭐라고 부르는 줄 알아?"

"뭐래?"

"루시퍼래."

"루시퍼?"

"응, 루시퍼가 원래는 천사였는데 나중에 타락해서 악마가 된 거라면서?"

"그렇데?"

"아빤 그런 것도 몰랐어?"

"응, 나는 천사와 악마 정도밖에 몰라."

"애들 말이 가브리엘인 줄 알았는데 루시퍼래."

"내가?"

"응."

"헐, 좋은 건지 나쁜 건지 모르겠네."

"웃기지도 않아. 아빠가 왜 악마야? 이렇게 착한 악마가 어딨다고? 그렇죠, 삼촌?"

창가에 소파 한쪽을 옮겨 놓고 차를 마시던 안상혁이 웃으며 답했다.

"하하! 원래 마음이 허약한 사람들이 잘 알지도 못하면서 이러쿵저러쿵 말을 하는 거란다. 그 사람들이 아직 진짜 악마를 못 만나 봐서 그래."

"삼촌, 진짜 악마가 있어요?"

"있지."

"정말요? 봤어요?"

호기심으로 하연이의 눈이 반짝였다.

안상혁이 무심코 고개를 끄덕였다.

그러자 하연이 숨도 쉬지 않고 질문을 퍼부었다.

"언제요? 어디세요? 어떻게 생겼어요? 네에?"

"몇 달 전에 유럽의 페로제도란 곳에서 봤다."

"와아! 정말요? 거짓말 아니죠?"

"그럼."

"어떻게 생겼어요?"

하연의 눈이 안상혁에게서 떨어지지 않았다.

강유진이 그런 하연을 보며 고개를 설레설레 저었다.

"상혁아, 너 수습 잘해라. 하연이 호기심을 건드리면 쉬지도 못한다. 나는 모른다."

말과 함께 강유진이 자리에서 일어나 창가로 다가갔다.

본격적으로 떠넘기는 분위기가 되자 안상혁도 슬슬 부담을 느끼기 시작했다.

하지만 그렇다고 흐지부지 끝낼 수도 없는 노릇. 안상혁은 페로제도에서 본 끔찍한 광경을 떠올리며 차분하게 답했다.

"악마도 겉모습은 사람하고 똑같다."

"에이~ 삼촌! 사람의 마음에 천사와 악마가 있다는 그런 소리 하려는 거죠? 맞죠?"

"아니, 그들은 진짜 악마였다. 너의 아버지가 그들을 물리치고 사람들을 구해 주었지."

"칫! 그런데 왜 사람들이 아빠를 악마라고 해요?"

"그건 그들이 아직 악마를 보지 못했기 때문이야. 진짜 악마를 만나고 나면 너의 아버지가 어떤 존재인지 알게 될 거다. 그러니까 바보들의 말은 그냥 그러려니 하고 흘려들어라."

"피이, 나도 흘려듣고 싶다고요."

하연의 표정이 어두워졌다.

요즘은 사람들이 자신을 바라보는 눈이 차갑다. 학교에서도 은근히 따돌림을 당하고 있다. 심지어 어떤 선생님은 눈을 마주하려고 하지도 않는다.

강유진이 그런 하연의 얼굴을 살피며 물었다.

"왜? 누가 괴롭혀?"

"아니."

"애들이 왕따시켜?"

"……."

하연은 답하지 않았다.

강유진의 입에서 한숨이 흘러나왔다.

악마니 뭐니 하는 소문이 돌 때 이런 날이 올 거라고 예상은 했다. 그러나 막상 딸의 기운 없는 표정을 보고 있으려니 화가 난다.

강유진이 현관으로 걸어갔다.

"하연아, 집에 데려다 줄 테니까 가자. 아무래도 내가 위원장을 만나 봐야겠다."

"항의라도 하시게요?"

앉아 있던 안상혁이 자리에서 일어섰다. 함께 가서 거들려는 생각에서다.

"너까지는 안 와도 된다. 나도 할 말은 하고 사는 사람이니까."

"그게 아니라, 형님이 너무 세게 나가실까봐 걱정이 돼서 그러는 겁니다."

"왜? 홧김에 멀리 이사라도 갈까봐 그러냐? 걱정하지 마라."

강유진은 함께 가겠다는 안상혁을 남겨 두고 딸과 함께 오피스텔을 나섰다.

거실에 혼자 남겨진 안상혁이 눈 덮인 강남을 바라보며 중얼거렸다.

"형님이 욱하는 성질이 있어서 걱정되는데…… 뭐! 어차피 자원을 찾아 움직일 때가 되긴 했지만……."

유통의 개념이 사라진 도시에서는 자급자족을 기대할 수가 없다. 고작해야 김지원처럼 숨겨진 자원을 찾아 소비하는 것뿐이다.

"박사님들에게 조언을 구해야겠군."

안상혁은 서둘러 외출 준비를 갖추었다. 임지연과 김미연 박사를 찾아가 이주 계획에 대한 자문을 구할 생각이다. 지금의 "악추모"는 김지원보다 더 지능적이다. 그들과 부딪치면 결국 강유진의 손해다. 그리고 강유진은 결코 손해를 감수하며 살아갈 사람이 아니다.

*　　　*　　　*

김지원을 대신해 새로 선출된 위원장은 이현도 장군이다. 이현도 장군이 곤혹스러운 표정으로 눈앞에 앉아 있는 강유진을 바라보았다.

맙소사! 자신의 눈앞에 대천사 가브리엘이 있다.

그의 어떤 부탁이든 들어 주고 싶다. 그렇게 해야만 한다. 하지만 자신의 힘으로도 안 되는 부분이 있다. 그런데 하필이면 그가 원하는 것이 그것이었다.

"저어, 죄송합니다. 어떻게든 말씀대로 해 드리고 싶은데…… '악추모'는 민주주의가 내포하고 있는 치명적인 덫입니다. 그게 잘못된 걸 알아도, 머저리들의 모임이란 걸 알아도, 시민의 자발적인 모임이기에 강제로 해산시킬 수가 없습니다. 만약 그렇게 했다가는 위원회가 해체될지도 모릅니다. 벼룩 한 마리를 잡겠다고 초가집을 태우는 격이 되고 마는 거지요. 정말 죄송하다고밖에는…… 시간이 지나면 흐지부지 끝나지 않겠습니까?"

이현도 위원장이 함께 있던 박세기 대장을 툭 건드렸다. 뭐라고 한마디 해 달라는 뜻이다.

마침 같은 건물에 있다가 불려 나온 박세기 대장이 한숨을 내쉬며 말했다.

"강 선생님, 현재 '악추모'는 강남의 재건정부를 움직이고 있는 두 개의 축 중에 하나입니다. 위원회를 반대하는 인물들이 대거 악추모로 들어가는 바람에 그렇게 됐습니다. 말로는 '악마를 추방하는 모임'이라고 하지만…… 내부를 들여다보면 과거 국회의 야당 기능을 하겠다는 게 그들의 속셈입니다. 강 선생님에 관한 루머는 그들의 결집력을 높이기 위한 것일 뿐입니다. 그러니…… 다소 황당하시더라도 조금만 더 참아 주시면…… 저희가 빠른 시간 안에 '악추모' 쪽과 협의하여 사태를 수습하도록 하겠습니다."

강유진이 담담한 눈으로 박세기를 바라보았다. 과거의 인연 때문인지 이현도보다는 박세기와 대화를 하는 게 더 편했다.

"그러니까 이곳 강남에서, '위원회'가 여당이고 '악추모'가 야당의 구도를 갖추었다는 말인가요?"

"예, 어쩌다 보니 그렇게 되고 말았습니다. '악추모'의 회장이 시민단체에서 잔뼈가 굵은 사람이라…… 어떻게 손쓸 틈도 없이

이 지경까지 몰렸습니다. 김지원이 대형 사고를 치지만 않았어도 이렇게까지는 안 됐을 텐데…… 전 위원장이 시민을 팔아먹은 바람에…… 위원회에 대한 불신이 '악추모'에 대한 지지로 표출된 것 같습니다."

고개를 끄덕이던 이현도 위원장이 재빨리 토를 달았다.

"맞습니다. 그렇기 때문에 지금은 '악추모'를 손댈 수가 없는 형편입니다. 그랬다가는 강남이 둘로 쪼개지고 말 겁니다."

"……."

강유진이 어처구니없다는 표정으로 고개를 저었다.

이 빌어먹을 국민성 같으니!

손바닥만 한 강남에서 벌써 여당이 나오고 야당이 나왔단다. 그것도 언제 죽을지 모르는 위기 상황에서 말이다.

강유진이 생각을 정리하고 있을 때다.

위원회 사무실 앞을 지키고 서 있던 경비대원 하나가 조심스럽게 들어왔다.

"저어, 위원장님, 지금 '악추모' 회장님이 방문했는데…… 어떻게 할까요?"

"응?"

놀란 이현도 위원장이 급히 강유진에게 고개를 돌렸다.

"강 선생님, 어떻게 하시겠습니까? 이 기회에 한번 만나 보시겠습니까?"

"그러지요. 저도 어떤 인간이 그런 일을 하고 다니는지 궁금하던 참입니다."

"하하! 예, 그럼 들어오라고 하겠습니다."

이현도 위원장이 경비대원에게 눈짓을 보냈다.

"예, 그럼 모시고 오겠습니다."

경비대원이 짧게 목례를 해 보인 후 돌아 나갔다.

잠시 후 경비대원이 오십 대 남자와 함께 사무실 안으로 들어왔다.

남자는 들어서자마자 너털웃음을 터뜨리며 이현도 위원장에게 손을 내밀었다.

"허허헛! 자주 찾아와서 죄송합니다. 제가 방해가 된 것은 아니겠지요?"

"아, 네, 마침 잘 오셨습니다. 그렇지 않아도 강 선생님과 함께 악추모 이야기를 하던 중입니다."

"아! 그러셨습니까?"

오십 대 남자가 강유진에게 시선을 돌렸다. 눈빛과 행동에서 노련미가 넘쳐흘렀다.

"안녕하십니까? 악추모 회장인 김이수철이라고 합니다."

김이수철이 강유진에게 손을 내밀었다.

그러나 강유진은 그의 손을 잡아 주지 않았다.

“강유진입니다.”

“어허허, 이거 손이 부끄럽네요.”

말과 함께 김이수철이 강유진의 앞에서 ‘탁탁’ 털어 보였다.

“나를 추방하겠다고 혈안이 된 사람과 웃으며 악수하고 싶지 않아서요. 그쪽과 달리 아직 내 얼굴은 그렇게 두껍지가 않습니다.”

“헐! 알고 보니 아주 직설적인 분이셨군요. 나름대로 능력이 있으니까 인생의 선배들 앞에서 그렇게 막 나가고 있는 거겠지요? 집안에 어른이 없이 자랐나 봅니다?”

김이수철의 비꼬는 말에 박세기 대장이 차갑게 응수했다.

“말씀 중에 죄송합니다만, 그쪽에서 악마니 추방이니 해 대는데, 강 선생님의 입장에서 반갑고 좋을 일이 있겠습니까? 어른대접을 받고 싶으시면 그에 걸맞은 품격 있는 삶의 모습을 보여 주셔야지요. 그나마 강 선생님이니까 저러시지, 저 같았으면 벌써 주먹 날아갔습니다.”

“허어! 안타깝군요. 과거 군사독재를 다시 보는 것 같습니다. 시민단체의 회장을 데려다 놓고 총칼로 위협을 가하시는 겁니까? 한국 사람들은 완장만 차면 왜들 독 오른 독사처럼 고개를 꼿꼿하게 쳐드는지 원…….”

“뭐라고요?”

박세기가 날카롭게 되묻자 이현도 위원장이 급히 두 사람의 대화를 끊었다.

"하하! 왜들 그러십니까? 진정들 하시지요. 그리고 '악추모' 회장님, 언제 우리가 회장님을 데려다 놓고 위협을 가했다고 그러십니까? 우리의 대화 중에 스스로 찾아오셔 놓고. 자자, 마침 한자리에 모였으니…… 건설적인 방향으로 대화를 풀어 보는 게 어떻겠습니까?"

"허허, 알겠습니다. 오늘은 위원장님 얼굴을 봐서 제가 그냥 넘어가도록 하겠습니다."

"잘 생각하셨습니다. 그런데 어쩐 일로 오신 겁니까? 뭔가 좋은 소식이라도?"

"좋다면 좋은 거겠지요. 다음 회의 때 '악추모'의 이름을 다른 것으로 바꿀까 생각 중입니다. 회원 수도 늘어나고 해야 할 일도 많은데 '악추모'는 너무 좁아 보이지 않습니까?"

"아! 그러시군요! 그런데 모임의 이름을 바꾸신다는 것은…… 강 선생님에 대해서 손을 떼시겠다는 것으로 이해해도 되겠습니까?"

김이수철이 선심을 쓰듯이 답했다.

"공식적으로는 아닙니다만, 내부적으로는 그 문제를 더 이상 제기하지는 않을 생각입니다. 물론 아직 그러자고 결정한 것은 아닙니다. 워낙 시민들이 악마에 관심이 많아서 말이지요."

김이수철이 야릇한 눈으로 강유진을 바라보았다.

이현도 위원장이 답답하다는 듯 물었다.

"회장님께서 이참에 깨끗하게 정리를 해 주시면 안 되겠습니까? 강 선생님의 가족들이 악마니 뭐니 하는 소리에 아주 불편을 겪고 있어서 말입니다."

"아! 초등학생 딸이 있다고 들었는데…… 한창 민감할 나이긴 하지요."

김이수철은 강유진에게서 시선을 떼지 않았다.

그는 강유진의 반응을 즐기는 것 같았다.

그런 김이수철을 보며 이현도 위원장은 몸이 달아올랐다. 어떻게든 자신의 손으로 해결을 해 주고 싶었다.

"하하, 회장님, 우리가 하루 이틀 볼 것도 아니고, 좋은 게 좋은 것 아니겠습니까? 요즘 세상에 악마라니요. 원하시는 게 뭡니까? 제가 지원해 드릴 수 있는 건 지원해 드리도록 하겠습니다. 말이 나온 김에 오늘 싹 다 정리하고 넘어 가도록 하지요. 어떻습니까?"

"허허헛! 역시 위원장님이 화통하십니다 그려. 이럴 때 젊은 사람들이 상남자라는 말을 쓰는 것 같던데 맞습니까?"

"하하, 상남자라니요. 여하튼 말씀만이라도 감사합니다. 그나저나 어떻게 해 드리면 되겠습니까? 제 권한으로 가능한 일이면, 원하시는 대로 해 드리겠습니다."

"그럼 말씀 드리지요. 강유진 씨의 추방을 거론하지 않는 대신에……."

김이수철이 잠시 뜸을 들였다.

애가 탄 이현도 위원장이 "대신에?"라고 되묻자 느긋하게 말을 이었다.

"현재 우리 '악추모' 운영진들이 아홉 명입니다. 회원은 아시다시피 강남 주민의 삼분지 일 정도 되지요."

"예, 저도 알고 있습니다."

"저를 포함한 아홉 명을 '우선 배급 대상자'에 포함시켜 주셨으면 합니다."

"……."

이현도 위원장은 잠지 말을 잊었다.

'우선 배급 대상자'는 재건국가를 위해 헌신하거나 헌신중인 사람들로 제한되어 있다. 공식적으로 선출된 시민의 대표가 아닌 시민단체의 운영진들에게 그 권한을 준다는 것은 꺼림칙한 일이다. 물론 자신에게 그 정도의 권한은 있지만, 말 그대로 그건 특혜일 뿐이다.

김이수철이 단호한 눈빛으로 이현도 위원장을 압박했다.

“‘악추모’는 시민단체라고 하기에는 조직이 큽니다. 아시겠지만 국회로 치면 야당의 역할을 하고 있어요. 그 정도의 대우는 받아도 된다고 봅니다.”

“…….”

고민하던 이현도 위원장의 시선이 박세기 대장에게로 향했다. 강유진의 가족이 피해를 보고 있는 일이니 혼자서 결정하기 어려웠던 것이다.

속으로 이를 갈면서도 박세기는 어쩔 수 없다는 듯 고개를 끄덕였다.

저들이 계속해서 강유진을 악마라고 몰아붙이면, 그 피해는 고스란히 그의 가족들에게 돌아간다. 그런 일만은 막아야 했다.

자경대의 박세기 대장이 묵인하겠다는 신호를 보내자 이현도 위원장은 안도의 한숨을 내쉬었다.

“하아! 그렇게 하겠습니다. 악추모의 이름을 바꾸고, 강 선생님에 대한 탄원이 사라지는 즉시 우선 배급 대상자 명단을 손보도록 하겠습니다.”

“허허허! 잘 생각하셨습니다. 이런 걸 두고 모두가 윈윈(win-win)했다고 하는 건가요?”

“아무쪼록 약속 잊지 마시기 바랍니다.”

“걱정 붙들어 매십시오. 시민단체의 생명은 약속에 있습니다.”

김이수철 회장과 이현도 위원장이 서로의 손을 맞잡았다.

회의는 그렇게 끝이 나는 듯싶었다.

"김이수철 회장님이라고 했습니까?"

강유진의 건조한 음성이 회의실을 울렸다.

"그렇습니다. 제가 흔치 않은 복성을 쓰고 있지요. 전에 시민단체에서 활동할 때 누군가가 그러더군요. 왜 사람이 아버지의 성만을……."

"그런 건 관심 없고요."

강유진이 말을 끊었다.

"달리 무슨 할 말이라도?"

김이수철 회장이 의아한 표정으로 강유진과 이현도 위원장을 번갈아 바라보았다.

"축하드립니다. '악추모'가 이겼습니다. 당신들이 원하는 대로 내가 강남을 떠나도록 하겠습니다. 이번 일로 당신들의 이름이 '우선 배급 대상자'에 오를 일은 없을 겁니다."

"아, 아니 왜…… 없던 일로 해 주겠다는데……."

김이수철 회장이 당황한 얼굴로 말을 더듬었다.

곧이어 자리에서 일어난 강유진이 이현도 위원장과 박세기 대장에게 말했다.

"그리고 두 분, 지금은 물론 앞으로도 나를 이유로 누군가와 야

합하거나 타협하지 마십시오. 그 순간 나와는 결별입니다. 아시겠습니까?"

"하아! 예, 그러겠습니다."

이현도 위원장이 침통한 얼굴로 고개를 떨구었다.

박세기 대장은 타는 듯한 눈으로 김이수철 회장을 노려본 후에 말했다.

"알겠습니다. 그런데, 강남을 떠나시겠다는 결정은 제고해 주십시오. 강남은 재건정부를 상징하고 있습니다. 여기가 무너지면…… 한국은 영영 사라지고 말 겁니다."

강유진이 답답하다는 듯 답했다.

"여러분, 아직 모르겠습니까? 생존과 번성의 문제가 해결된 이후에야 국가든 뭐든 존립할 수 있는 겁니다. 도시나 국가를 재건한다고 해서 생존과 번성이 보장되는 게 아닙니다. 나는 수일 내로 강남을 떠나겠습니다. '악추모'와 함께 재건정부를 잘 이끌어 나가시길 기원합니다. 그럼 이만."

짧은 인사를 끝으로 강유진은 회의실을 나갔다.

복도를 걸어가던 강유진이 미친 듯이 웃음을 터뜨렸다.

"여당? 야당? 푸하하핫!"

김이수철 회장이 어색한 얼굴로 이현도 위원장을 바라보았다.

“내가 ‘악추모’를 설득해서 위원장의 말씀에 잘 따르도록 만들겠습니다. ‘우선 배급 대상자’ 명단에 어떻게 합류할 수 없겠습니까?”

이현도 위원장이 김이수철 회장을 보며 또박또박 말했다.

“나가, 이 씨발놈아. 잘난 ‘악추모’와 함께 무슨 짓을 하건 관심 없으니까. 너희들 때문에 우린 망한 거야.”

“무, 무슨 그런 심한 말을! 당신, 말이면 다인 줄 알아? 선거로 뽑혔다고 시민단체를 무시하는 거야? 뭐야? 그러고도 재건정부 운영이 잘될 것 같아!”

순간 박세기 대장이 탁자를 발로 걷어찼다.

쿠당탕. 쿵.

탁자가 자빠지며 둔탁한 소리를 냈다.

박세기 대장이 김이수철 회장을 손가락으로 가리키며 소리쳤다.

“당신! 당장 그 빌어먹을 모임의 이름부터 바꿔! 내 귀에 다시 ‘악추모’란 소리가 들리면, 당신과 당신 가족들은 거주 지구에서 쫓겨나게 될 거야! 알았어?”

“다, 당신들 너무 막 나가는 것 아니오? 내가 누군지 알고!”

흥분한 김이수철이 이현도와 박세기를 노려볼 때다.

김이수철보다 몇 배 더 열이 받은 이현도가 참지 못하고 김이수철의 정강이를 걷어찼다.

퍽.

"악!"

"이 새끼야! 나가라는 말 못 들었어? 개새끼야! 여기가 여의도 국회 의사당인 줄 알아? 어디서 여당 찾고 야당 찾고 지랄이야! 경비! 경비 뭐 하나!"

이현도 위원장의 외침에 문이 와락 열리며 경비병이 들어왔다.

경비원은 당황한 눈으로 어쩔 줄 몰라 했다. 그의 상식으로는 회의실 안에서 벌어지고 있는 일이 이해가 가지 않았기 때문이다.

조인트를 까인 김이수철 회장이 갑자기 소매를 걷어 올렸다.

"폭력정권 웬 말이냐! 군사독재 물러나라!"

"뭐 해! 끌어내!"

"예!"

김이수철 회장은 끝까지 구호를 외치며 끌려 나갔다.

남겨진 이현도 위원장과 박세기 대장이 착잡한 표정으로 서로를 바라보았다.

강유진이 강남을 떠나겠다고 했다. 당장 핵무기보다 뛰어난 병기를 잃어버리게 된 셈이다.

문득 생각났다는 듯 이현도 위원장이 물었다.

"그런데 식량은 얼마나 남은 거요?"

“앞으로 10개월 정도는 버틸 수 있습니다.”

“그 이후에는 어쩔 생각이시오?”

“모르겠습니다.”

박세기는 모르겠다고 했지만 속으로는 각자도생(各自圖生, 각자 살길을 알아봄)해야 함을 알고 있었다. 강유진의 말대로 국가 재건보다는 먹고사는 게 먼저인 셈이다.

‘왜 국가 재건에 목숨을 걸었지?’

곰곰 생각해 보니 박영찬 대장의 영향 때문인 것 같다. 박영찬 대장은 환경이 사람들을 버리지 않을 거라는 믿음을 가졌다. 그러나 지금으로서는 국가재건보다는 생존의 문제가 더 크다. 하지만 어떤 사람들은 마치 모든 것이 전쟁 전으로 돌아간 듯 말하고 행동했다. 안정적으로 식량을 배급받으니 그런 착각을 가지고 사는 모양이다.

제9화

신천지(新天地)

부산항에 1만 1천 톤 급 화물선 '동부 유레카' 호가 입항했다.

총과 탄약이 든 박스가 내려지는 동안, 다른 쪽에서는 식료품 상자가 실렸다. 그러나 총기류의 양에 비해 식료품의 양은 현저하게 줄어 있었다.

선원과 인부들 사이로 십여 명의 미국인이 모습을 드러냈다.

미국인들은 모두 약속이나 한 듯 검은 선글라스를 착용하고 있었다.

일행 중에 가장 먼저 육지를 밟은 클라우드가 달착지근한 음성으로 말했다.

"정말 신선한 공기로군. 이렇게 좋은 곳인 줄 알았으면 진즉에

오는 건데. 그렇지 않나! 알렉스?"

알렉스라고 불린 흑인 청년이 그의 곁에 어깨를 나란히 하고 섰다.

"동감이야. 신천지라고 하더니, 정말이었어."

일행의 인솔자 중 하나인 카스트로가 바닷바람을 들이마시며 소리쳤다.

"오오! 좋구나! 살아 있는 바다의 냄새야! 경배하라! 세계불멸협회(World Immotal Association)가 아시아를 정복하러 왔노라!"

*　　*　　*

강남의 의회가 발칵 뒤집어졌다. 임지연 박사와 김미연 박사가 강남을 떠나기로 했기 때문이다.

처음에는 누구도 그 말을 믿지 않았다. 두 여성이 안전지대인 강남을 벗어난다는 건 불가능하다는 생각에서다. 그러나 강유진이 함께한다는 사실이 알려지자 의회는 절망했다.

강남의 시민들이 임지연 박사에게 거는 기대는 절대적이다. 그래서 의회는 자경대를 통해 막아 보려고까지 했다. 그러나 강유진의 일에 자경대가 나설 리가 없다. 결국 의회는 손을 놓고 강유진의 마음이 변하기를 기다리는 수밖에 없었다.

그러자 이번에는 그런 내밀한 사정을 모르는 시민들이 "임지연 박사가 없이는 강남의 미래도 없다"며 의회를 압박하기 시작했다.

다급해진 의회는 온갖 조건으로 강유진을 회유하려 했지만 강유진은 요지부동(搖之不動).

그러자 비난의 화살은 숨죽이고 사태의 추이를 지켜보고 있던 '악추모'로 향했다. 어제까지 강유진을 추방하자던 사람들이, 하루 만에 말을 바꾸었다. 더 나아가 "요즘 세상에 무슨 악마 타령이냐!"며 '악추모'를 반사회적이며 반지성적인 집단으로 취급했다. 시민들의 손가락질을 견디다 못한 '악추모'는 결국 해산하고 말았다.

시민들이 나서서 악추모가 해산되었지만, 강유진의 마음은 바뀌지 않았다.

그리고 마침내 5월 5일.

강유진과 그를 따르는 사람들이 강남의 거주 지구를 떠났다.

"왜 너까지 따라오냐?"

강유진의 물음에 최명석이 히죽 웃으며 답했다.

"형님, 우리가 남입니까!"

"쯧! 집 떠나면 고생이다. 지금이라도 돌아가라. 너는 가족들도 강남에 있잖아."

"에이! 제가 독립해서 자리를 잡아야 가족들에게도 희망이 있는 겁니다. 그리고 왜 저한테만 그러세요? 박미나 선배도 저기 있구먼."

최명석이 뒤쪽을 가리켜 보였다.

그가 가리키는 곳에 네 명의 여자들(임지연, 김미연, 박미나, 강하연)이 모여 시시덕거리고 있었다.

"인마, 박미나 씨는 내가 아니라 너를 따라온 거잖아. 네가 돌아간다고 하면 다시 돌아갈 거다."

"그건 형님 생각이고요. 저랑 박미나 선배는 아무 관계도 아닙니다."

"아니긴 개뿔. 데이트하는 걸 본 사람이 한둘이 아니구먼."

"형님, 그냥 함께 전투식량 까먹고, 식후에 믹스커피 마신 걸 어떻게 데이트라고 하십니까?"

"그럼 데이트는 뭔데?"

"그야 레스토랑에서 함께 식사를 하고, 커피숍에서 차도 마시고, 분위기 좋은 클럽에서 브루스도 추고…… 뭐, 대충 그런 거죠."

"내가 볼 때 전쟁 전이면 너는 그러고도 남았어. 지금은 문을 연 가게가 없어서 그렇게 못 하는 거잖아. 가게만 안 갔다 뿐이지 네가 말한 거 다 하고 있다는 생각은 안 드냐?"

"에이! 형님도 참……."

최명석이 못 들은 척 대답을 회피했다.

"상혁아, 내 말이 틀렸냐?"

"제가 봐도 데이트 맞습니다."

안상혁의 말에 강유진이 최명석의 어깨를 툭 쳤다.

"다들 맞다고 하잖아. 정말 안 돌아갈 거냐?"

"아니, 왜 저만 떼어 놓으려고 하십니까? 섭섭합니다, 형님."

"이쪽은 미래가 불투명하잖냐."

"헐! 형님, 그런 말씀 마십쇼. 우리 파티에 끼려고 눈치 보는 사람이 한둘인지 아십니까? 다른 사람들은 인맥이 없어서 끼지 못하는 것뿐이라고요."

"인맥은 무슨……."

"농담 아닙니다. 형님, 강남은 조만간 비상식량 떨어지면 폐허로 변할 겁니다. 형님이 계시고, 임지연 박사까지 있는 이 파티의 미래가 불투명하다뇨? 우리의 미래가 불투명하다면 강남은 이미 무덤입니다. 저를 떼놓으려는 다른 이유가 있습니까?"

최명석은 과거의 일이 아직까지 켕기는 눈치다.

"솔직히? 입이라도 좀 줄여 볼까 해서 그랬지. 식량을 많이 못 챙겨 왔잖냐. 너 당장 한 달 후부터 뭘 먹으려고 그래? 강남에는 최소한 십 개월 치 식량이 남아 있다고 하던데."

"그걸 생각하신다면 더욱 저를 데리고 다녀야 합니다."

"왜?"

"흐흐, 김지원의 부대가 조사하던 전국 군수창고의 목록이 저에게 있으니까요."

"진짜? 그런 걸 언제 챙겼대?"

"제가 누굽니까! 국정원 최후의 스페셜 리스트 아닙니까?"

"최후의 스페셜 리스트 좋아하네. 어떻게 구한 건데? 신빙성은 있는 거냐?"

"김지원을 따라다니던 안영민이 기억나십니까?"

"알지. 무슨 경호대장인가 그랬지?"

"맞습니다. 그런데 안영민이 독신이었더라고요. 그 사람 유품을 정리하다가 발견해서 챙겨 두었습니다. 그런 걸 따로 복사해 둔 걸 보면, 안영민도 김지원을 완전히 믿은 것 같지는 않죠?"

"그러게. 어쨌든 우리에게는 잘된 일이다. 잘했다."

"헤헤, 이제 저의 필요를 절감하시겠습니까?"

"군수창고가 비어 있지 않으면 인정하마."

"그 점은 염려 마십쇼. 이젠 김지원도 부하가 없으니 창고를 다 털어 먹지는 못할 겁니다. 아니, 털어 먹는 건 고사하고 거기까지 갈 수나 있을지 모르겠습니다. 강도가 이렇게 많은데…… 그놈, 가족들을 데리고 도망갔다면서요? 죽지나 않으면 다행이지요."

고개를 끄덕이던 강유진이 안상혁에게 시선을 돌렸다.

"상혁아, 명석이와 함께 이동 경로를 다시 세워 봐라."

"예."

최명석이 강유진에게 급히 물었다.

"그런데 형님, 우리의 목적지는 어디입니까?"

"일단 남쪽이다."

"남쪽요?"

"같은 겨울이라고 해도 온도가 높을 것 아니냐. 조금이라도 더 따뜻하고 사람이 살 만한 곳을 찾아봐야지."

"아하! 탁월한 선택이십니다!"

최명석이 동의한다는 듯 고개를 주억거렸다.

그런 최명석을 보며 강유진이 희미하게 웃음 지었다.

최명석을 포함해 일행은 모두 일곱.

전처(前妻)는 눈치가 보였는지 강남에 남겠다고 했다.

지금 다시 보니 하연이를 제외하고, 서로에게 호감을 가지고 있는 성인 남녀 세 쌍이다. 최명석이 인맥 운운한 것도 이해가 간다.

강유진 일행이 거주 지구를 막 벗어났을 무렵이다.

어린아이와 노인을 포함한 수십 명의 사람들이 뒤에 따라붙었다.

강남 거주 지구의 외곽에 무리지어 살던 사람들이 소문을 듣고 몰려든 것이다.

안상혁이 그들에게 달려가 뭐라고 말을 나누는가 싶더니 다시 돌아왔다.

"형님, 저들도 우리를 따라가겠답니다."

"식량이 부족할 텐데……."

"어차피 여기 남아 있어도 식량이 없답니다."

"하아!"

강유진의 입에서 한숨이 흘러나왔다.

확실히 저들은 거주 지구 사람들이 아니기에 배급의 혜택을 받지 못한다. 여기 있으나 따라오나 별반 차이가 없다는 뜻이다.

"강제로 떼놓을 수도 없잖아. 알아서들 하라고 해."

"예."

언뜻 무책임한 말로 들리지만 돌아서는 안상혁의 얼굴은 밝았다.

말로는 "알아서들 하라"고 했지만 강유진은 몰인정한 사람이 아니었다. 강유진이 한숨을 내쉬는 것만 봐도 알 수 있지 않은가!

강남 대로를 따라 걷고 있는 무리들은 어림잡아도 오십 명이 넘어 보였다. 모두가 강유진을 따라나선 사람들이다. 뒤늦게 합류한 사람들은 불안한 얼굴로 연신 사방을 살폈다. 혹시라도 강도단이 습격해 올까봐 잔뜩 긴장한 것이다.

반파된 빌딩 위에 숨어 쌍안경으로 사람들을 살피고 있던 남자, 김정식이 중얼거렸다.

"야아! 얼빠진 인간들 많네. 저걸 그냥 구경만 해야 한다고?"

그의 곁에 웅크리고 있던 동료 박기태가 나지막이 속삭였다.

"새끼야, 숨도 크게 쉬지 마. 저 속에 대천사 가브리엘이 있다는 소리 못 들었어?"

"요즘 세상에 그런 말을 믿냐?"

"너같이 그런 소리 하다가 골로 간 사람이 한둘이 아니다."

"아, 씨벌! 진짜 갈등 때리네. 저 여자들 좀 봐. 너도 저 여자들 보면 그런 소리 못 할걸……."

박기태가 머리를 설레설레 흔들었다.

"오버 좀 하지 마라. 새끼야. 모자랑 점퍼에 가려서 얼굴이 보이지도 않을 텐데. 병신 같은 소리 그만하고, 진짜 못 참겠으면 함 나서 보든가."

"그럴까? 어? 저기 어떤 병신들이 튀어나가는데?"

"진짜?"

"네 눈으로 봐. 사내새끼가 겁만 많아 가지고."

"……."

잠시 후 피바다파의 강도 둘이 살짝 고개를 내밀었다.

사람들로부터 200미터쯤 떨어진 교차로 부근에 열 명의 강도가 나타났다.

그들 중 셋이 건들거리는 걸음으로 무리를 향해 다가갔다.

"저 불쌍한 새끼들. 죽으러 가네."

김정식의 말이 채 끝나기도 전에 세 명의 강도가 탁구공처럼 뒤로 날아갔다.

퍽, 퍽, 퍽.

강도들의 몸이 콘크리트에 부닥치는 기묘한 소리가 멀리까지 퍼져 나갔다.

"봤냐? 씨발, 진짜 대천사 가브리엘이라니까!"

흥분한 김정식이 덜덜 떨며 오른손으로 성호를 그어 보였다.

방금까지 제법 강한 모습을 보이던 박기태의 음성이 확 쪼그라들었다.

"와아, 씨벌, 진짜 영화네. 씨벌, 존내 무섭다. 너 씨벌 새끼야, 소리치지 말고 좀 조용히 말해. 누가 귀 먹었냐? 밑에서 들을까봐 존내 겁난다. 씨벌……."

그러는 동안 나머지 일곱 명의 강도들이 메뚜기처럼 사방으로 흩어졌다.

곧이어 몇 발의 총성이 울려 퍼졌다.

김정식이 안됐다는 듯 혀를 찼다.

"쯧쯧, 저 병신들 도망쳐야지…… 거기서 총질하고 자빠졌네. 죽으면 지 손핸데."

박기태가 손을 비비며 말했다.

"씨벌, 그러니까 정보가 있어야 한다니까. 우리도 정보가 없었으면 저렇게 뒈졌을 거 아냐? 씨벌, 피바다의 형님들 만세다."

만세라고 말하는 순간, 다섯 개의 빌딩이 거의 동시에 와르르 무너져 내렸다.

그와 함께 총성도 멎었다.

오십여 명의 사람들이 조용히 교차로를 지나쳐 남쪽으로 내려갔다.

김정식과 박기태는 그들의 모습이 눈앞에서 완전히 사라질 때까지 숨도 크게 쉬지 않았다.

잠시 후 김정식이 자리에서 일어나며 중얼거렸다.

"신세기랑 핵폭탄이 깝치다가 싹 다 죽었다더니…… 정말 살 떨린다."

"씨벌, 완전 공감이다. 가자."

김정식과 박기태가 조심스럽게 빌딩을 내려가기 시작했다.

"그런데 저 괴물이 강남에서 떠난 거잖아? 앞으로 털어 먹기 좋겠네!"

앞서 걷던 박기태의 말에 김정식이 대꾸했다.

"좋기도 하겠다. 강남의 자경대 규모가 한반도 최고라는 소리 못 들었냐? 하여간 단순한 새끼들은 고민거리 없어 좋겠어."

"씨벌, 너는 구더기 무서워서 장 못 담그냐?"

"쩝! 허기사, 어차피 몇 끼 굶으면 눈깔이 확 돌아가겠지?"

"씨벌 놈아, 주변에 널린 게 상고기(인육) 인데, 우리가 굶긴 왜 굶냐? 흐흐."

"말이 그렇다는 거지. 그리고 사람이 고기만 먹고 어떻게 사냐?"

"먹는 얘기 했더니 존내 배고프네. 빨리 가자. 때 놓칠라."

두 강도가 앞서거니 뒤서거니 하며 멀어져 갔다.

*　　*　　*

강남을 떠나 처음 맞는 저녁이 됐다.

사람들은 누가 시키지도 않았는데 제일 넓어 보이는 건물의 1층에 모여 들었다. 배고픔은 둘째 치고 추위라도 물리치자는 생각에서다.

이동 중에 따로 땔 나무를 마련했을 리가 없다.

사람들은 한 건물에 옹기종기 모여 앉았지만 추위는 피할 길이 없어 보였다.

콜록. 콜록.

한 아이의 기침을 시작으로 이곳저곳에서 기침 소리가 들려왔다.

사람들은 처음에는 버림받지 않으려고 기침 소리를 숨겼다. 그러나 절반 가까이 되는 사람들이 기침을 해 대자, 나중에는 애써 숨기려고 하지도 않았다.

의사인 안상혁이 근심스러운 표정으로 잠 못 이루는 사람들을 둘러보았다.

"걱정입니다. 밤에라도 따뜻하게 쉬지 못하면 며칠 이내에 절반은 객사할 것 같습니다."

"그러게 빨리?"

강유진이 의아해하는 얼굴로 물었다.

따라나선 사람들은 체력적으로 자신이 있는 사람들이다. 병들거나 허약한 사람들은 감히 이동할 생각을 하지 못한다. 그런데 며칠 안에 절반이 죽을 거라니?

"예, 기침 소리를 들어 보니 대부분 초기 단계가 아닙니다. 노숙 중의 추위를 해결하지 못하면…… 빠르게 악화되어 죽을 겁니다."

"처음부터 따라오지 못하게 했었어야 하는데……."

강유진의 자책 어린 말에 최명석이 말했다.

"너무 신경 쓰지 마십쇼. 형님이 오라고 하지도 않았잖습니까? 함께 가자고 권유한 사람도 없고요. 다들 죽을 각오로 쫓아온 사람들입니다."

임지연이 강유진의 손을 잡았다.

"명석 씨 말이 맞아요. 저분들은 먹을 걸 나눠 준 것만으로도 고마워할 거예요."

"……."

강유진이 웅크리고 앉아 있는 사람들에게 시선을 돌렸다.

저들은 강남의 거주 지구에 들어가지도 못할 정도로 가난한 사람들이다.

가족들 틈 속에서 떨고 있는 아이들이 보인다.

어른들의 욕심과 죄 때문에 죽음으로 내몰린 생명들…….

'내 비밀이 저들의 죽음보다 중요한가?'

대천사 가브리엘이라고까지 불리고 있는 마당에 아직도 지켜야 할 비밀이 더 남았을까?

잠시 생각하던 강유진은 자리에서 일어났다.

그리고 건물의 중앙으로 걸어갔다.

"중앙을 비워 주세요."

강유진의 말에 두세 가족이 황급히 자리에서 일어나 뒤로 물러났다.

"라쉬프."

강유진의 말과 함께 중앙에 직경 1미터나 되는 불기둥이 생겨났다.

강추위에 떨고 있던 사람들이 불기둥 주변으로 모여들었다.

화기(火氣) 덕분인지 기침 소리가 조금 잦아든다.

사람들의 뒤쪽으로 자연스럽게 물러난 강유진이 오른손을 살짝 들어 올리고 치료의 주문을 외웠다.

"……우마르크 비크나페이아."

때마침 붉은 노을이 건물을 비추었다.

사람들은 따뜻한 온기 속에서 느껴지는 평온함에 눈을 감았다.

이윽고 그들은 하나둘씩 눈을 떴다.

노을은 어느새 졌지만, 불기둥은 여전히 그들의 눈앞에서 소용돌이치며 타오르고 있었다.

어른들은 경외감 어린 눈으로 강유진을 힐끔거렸다.

잠깐 사이에 기운을 되찾은 아이들이 병아리처럼 몰려다니며 뛰놀기 시작했다.

강유진이 제자리로 돌아와 털썩 주저앉았다.

안상혁은 그럴 줄 알았다는 듯 표정에 변화가 없었다.

하지만 하연이는 물론, 강유진에 대해 많이 안다고 자부하던 임지연이나 최명석, 김미연은 멍한 얼굴이다.

겨우 정신을 차린 임지연이 강유진의 옆구리를 꼬집었다.

"말해 봐요. 더 숨긴 게 있나요?"

"윽! 아프군요. 숨기다뇨? 그런 적 없습니다."

"봐요. 갑자기 기침 소리가 절반으로 줄었다고요. 그런데 숨긴 게 없다고요?"

"몸이 따뜻해지면 원래 기침은 수그러드는 겁니다."

"강 선생님이 이렇게 손을 드니까, 노을이 확 밀려들었다고요."

강유진이 피식 웃으며 말했다.

"그럼 내일 같은 시간에 손을 안 들 테니까 노을이 비치나 안 비치나를 보세요."

"아니, 제 말은 그게 아니라…… 미연 씨, 미연 씨도 봤잖아. 뭐라고 말 좀 해 봐요."

혼자서는 힘에 부치는지 임지연이 김미연을 끌어들였다.

그러나 김미연은 별 관심 없다는 듯 시큰둥한 표정이다.

"임 박사님, 원래 강 선생님은 비밀이 많은 분이에요. 모르셨어요? 그런 점에서는 그다지 놀랍지도 않네요."

그 말은 어느 정도 사실이었다. 김미연은 강유진이 벌인 일을 보고 놀랐지만, 이내 그에게 있는 비밀 중 하나라고 정리했던 것이다.

"그야 그렇지만 그래도…… 그 빛은 정말 달랐잖아요. 그건 마치…… 마치……."

강유진이 빙그레 웃으며 임지연을 바라보았다.

"마치 뭐요?"

"……음, 애석하지만 적당히 비교할 게 없네요."

결국 임지연은 포기하고 말았다.

모두가 불기둥에서 전해져 오는 온기를 말없이 즐기고 있을 때다.

"그건 마법이에요. 절대 치료의 주문이죠."

"마법이라고요? 아니, 무슨 얘기가 갑자기 판타지 소설로 가요?"

반신반의(半信半疑)하는 태도를 보이면서도 임지연의 눈은 반짝였다. 사실 지금까지 강유진이 행한 일들을 묘사하기에 그보다 적합한 단어도 없었다.

"어느 날 집 앞마당에 거대한 싱크홀이 생겼었어요."

순간 김미연의 입에서 탄성이 흘러나왔다.

"아! 탑골!"

곧이어 김미연의 얼굴에 아련한 표정이 떠올랐다. 초고대 문명의 잔해를 발견했다고 흥분하던 박영찬 소장과 강유진과의 만남이 생각난 것이다.

강유진은 담담하게 그곳에서 있었던 일을 설명했다.

카론이 남긴 블루 태블릿(Blue Tablet)에서 정령마법을 배웠다는 강유진의 설명에 사람들은 벌어진 입을 다물지 못했다.

"……그렇게 사도들과의 싸움이 끝났던 겁니다. 사도들이 해골수정으로 자신의 영혼을 전승했다면, 카론은 블루 태블릿을 통해 기억의 일부를 전수했던 거죠."

페로제도의 일까지 말하고 강유진은 빙긋이 웃었다.

임지연의 입에서 탄성이 흘러나왔다.

"와아! 초고대문명에 루인족이라니…… 정말 환상적인 이야기들이네요. 제가 함께 겪은 일이 있으니 믿어야겠죠?"

그러자 최명석이 불기둥을 가리키며 말했다.

"형수님, 누구라도 저걸 보면 믿지 않을 수 없을 겁니다."

…….

사람들은 잠시 침묵했다.

강유진이 남긴 말의 의미는 간단하지 않았다.

창조자를 찾아 헤매던 엘, 엘이 만든 루인족, 그리고 루인족이 남긴 초고대 문명. 그리고 반복되고 있는 인간의 몰락.

한참 만에 안상혁이 입을 열었다.

"형님, 인간도 루인족의 전철을 따르게 될까요?"

"나는 그걸 확인하고 싶어서 강남을 떠난 거다. 인류에게 희망이 있는지 없는지 알고 싶어서."

"희망이 있습니다! 원시인류는 빙하기도 견뎌 내지 않았습니까? 고도로 문명화된 현생인류가 같은 일을 해내지 못할 리가 없습니다."

"환경만의 문제라면 그럴 수 있겠지."

"설마 다른 문제가 있을 수 있다는 말씀이십니까?"

"……."

강유진은 답해 주지 않았다.

사실 며칠 전부터 마왕 세티쉬 카르나크의 사념이 느껴지고 있다. 페로제도에서 그를 끝장내긴 했지만, 환상 마법진이 내내 마음에 걸렸다.

*　　　*　　　*

경기도 이천의 가좌리.

세 사람이 힘겹게 눈을 헤치며 걷고 있었다.

"조금만 더 가면 돼. 그럼 쉴 수 있어."

김지원이 뒤를 돌아보며 아내와 딸을 격려했다.

남편의 반복된 말에 황은애가 가쁘게 숨을 몰아쉬며 따졌다.

"대체! 조금만이 몇 번째예요! 좀 쉬었다가 가자고요! 우리 제니 보세요! 쓰러지기 직전이라고요!"

김지원이 제니를 향해 시선을 돌렸다.

아닌 게 아니라 제니는 거의 정신을 잃은 모습이다. 허우적거리면서도 따라오는 제니를 보니 마음이 아프면서도 대견스럽다.

"진짜 거의 다 왔어. 여기는 아무도 손대지 않았을 거야."

지금 김지원이 목표로 하는 곳은 오갑산이다. 전쟁 직전 제7공병여단은 오갑산에 임시 군수 기지를 만들었다. 당연히 관리책임자는 제7공병여단. 그러나 제7공병여단은 대전에 급파되었다가 모두 폭사(爆死)당했다. 공병 여단장과 호형호제(呼兄呼弟)하던 김지원 외에는 그 사실을 알고 있는 사람이 없었다.

"나를 따르던 녀석 하나가 좋은 시설을 지었거든. 마을에서 가깝지만 민간인 통제 구역이라 아무도 몰라. 조금만 고생하면 돼."

"헉! 헉! 조금이라고 하지 말고 정확한 시간을 말해 봐요!"

"한 시간 정도만 가면 돼."

"당신 분명히 한 시간이라고 했어요! 그때 가서 다른 말 하면 가만 안 둘 거야!"

"그래, 그래, 한 시간이야. 저 앞에 보이는 산만 올라가면 된다고."

"세상에……."

황은애의 입이 쩍 벌어졌다. 사람이 오가지 않아 눈으로 덮인

길은 보이지도 않는다. 그런 산을 올라야 한다니 기가 막힌 것이다.

“여보, 저 산에 쉴 곳이 없으면 우린 죽고 말 거예요. 그건 알고 있죠?”

“걱정하지 마.”

산에 들어서면서부터 김지원은 방법을 달리해야 했다.

어린 제니가 머리까지 쌓인 눈을 헤치고 전진할 수는 없기 때문이다.

먼저 김지원이 구멍을 뚫어 길을 내면, 황은애가 제니를 데리고 그 뒤를 따랐다.

그렇게 세 사람이 악으로 깡으로 산을 오른 지 두 시간 반 만에 김지원의 가족은 거대한 강철문 앞에 설 수 있었다.

굳게 닫힌 강철문 앞에서 김지원이 웃음을 터뜨렸다.

“하하핫! 보라고! 잠겨 있잖아! 이건 모두 우리 거야!”

“어서 열어 보기나 해요. 열 수는 있는 거겠죠?”

“당연하지. 여기를 디지털 도어로 만들자고 한 게 누군데. 바로 나야. 여기 여단장 하던 녀석이 내 후배인데, 형님, 형님 하면서 나를 엄청 따라다녔거든. 여기 비밀번호가 그 녀석 휴대폰 번호야. 임시 시설이라 그녀석이 직접 관리해야 했거든. 그런데 새로 지은 군수창고로 물품을 옮기기도 전에 모두 전사하고 말았지. 여긴 내가 아껴 두었던 최후의 성지 같은 곳이라고."

김지원이 거대한 군용 디지털 도어의 캡을 열고 비밀번호를 눌렀다.

띠리리링~

찰칵.

경쾌한 소리와 함께 잠금장치가 개방되는 소리가 들려 왔다.

"봤지? 열려라 참깨!"

"……."

그런데 뒤쪽이 조용했다.

방금 전까지 귀가 따갑게 떠들어 대던 처가 갑자기 입을 다물다니?

왠지 이상한 느낌에 김지원이 천천히 돌아섰다.

"최지용…… 너 이 새끼……."

김지원의 얼굴이 하얗게 질렸다.

피바다파의 이인자로 알려진 최지용이 황은애의 머리에 권총을 들이대고 서 있다.

또 다른 강도는 제니의 입을 틀어막고 있었다.

김지원은 황급히 권총을 뽑아 들었지만 그게 전부였다.

또 다른 강도 하나가 희롱하듯 겨누고 있던 엽총의 총구를 흔들어 보였던 것이다.

김지원의 얼굴이 고통스럽게 일그러졌다.

무려 셋이나 되는 강도가 따라붙은 걸 몰랐다니!

그것도 상대는 서울에서 가장 악독하다는 피바다파의 강도들이다. 처의 머리를 움켜쥐고 있는 최지용은 식인(食人)으로도 유명한 놈이었다.

콰앙!

갑자기 엽총이 불을 뿜었다.

산탄총에 맞은 김지원이 온몸으로 피를 뿜으며 비틀거렸다.

"너 뭐야! 이 개 새끼야! 김지원이 문 열기 전까지 건드리지 말랬잖아!"

"어헉! 형님, 실수요! 실수! 손가락에 쥐가 나서……."

"너, 개새끼, 문 잠겼으면 죽는다!"

최지용이 강철문을 향해 득달같이 달려들었다.

그리고 막 손잡이를 잡아채려는 순간이다. 끔찍한 소리가 들려왔다.

삐이이— 철커덩.

"안 돼! 안 돼! 씨발! 씨발!"

최지용이 두 손으로 손잡이를 잡고 용을 썼다.

그러나 아무리 힘을 줘도 이미 잠겨 버린 문은 미동도 하지 않았다.

정신을 차리고 보니 키패드의 잠금 표시 위에 핏자국이 보인다. 비틀거리던 김지원이 얼떨결에 잠금 장치를 누른 모양이다.

"김지원! 비밀번호 뭐냐! 말해! 이 새끼야!"

최지용이 소리를 지르며 벽에 기대고 앉아 있던 김지원을 일으켜 세웠다.

김지원이 푸들푸들 웃으며 중얼거렸다.

"후후, 병신아, 너 같으면 말해 주겠냐?"

"말 안 해? 어차피 죽을 몸이라 이거지? 좋아. 좋아. 말하지 않아도 돼. 그런데 말이야. 이럴 때 우리 같은 막장인생이 어떤 행동을 하는지 아냐? 모르지? 아마 본 적이 없어서 모를 거야. 이 씨발 새끼. 행복하게 죽고 싶으면 번호를 말해야 할 거다."

돌연 최지용이 엽총을 들고 있던 남자에게 고개를 돌렸다.

"만수! 너 이 새끼, 잘 들어. 너 때문에 문이 잠겼으니까, 네놈이 책임지고 열어야 해. 내가 이 새끼 머리를 그쪽으로 고정시킬 거야. 네가 무슨 일을 해야 하는지 알지?"

"예?"

"저년을 산 채로 발라 먹어. 비명 소리가 잘 들리도록 꼭 산 채로 해야 해. 알았어?"

"예에? 아 씨펄! 어떻게……."

"못 해? 그럼 너도 죽어 새끼야! 이대로 돌아가면 큰형님이 널

살려 둘 것 같아?"

고민하던 백만수가 마지못해 고개를 끄덕였다.

어차피 인육을 처음 먹는 것도 아니고, 자기 목숨이 걸린 일인데 그까짓 것 못할까 싶다.

"알겠소. 형님."

"알았으면 시작해, 새끼야! 이 새끼가 피를 더 흘려서 정신 잃어버리기 전에."

"예!"

백만수가 한쪽에 엽총을 내려놓고, 곧이어 허리춤에서 단검을 뽑아 들었다.

"양해하쇼. 나도 살아야겠소."

"놔! 놔! 여보! 살려 줘요! 여보!"

황인애가 발버둥치자 백만수가 주먹으로 얼굴을 후려쳤다.

"악!"

단말마의 비명과 함께 황인애가 정신을 잃었다.

백만수는 망설임 없이 그녀의 옷을 벗겼다.

김지원은 흐려져 가는 의식 속에서도 한 가지만은 굳게 결심했다.

'무슨 일이 있어도 비밀번호를 알려 주지 않겠다.'

어차피 피바다의 강도들은 자기 가족을 살려 두지 않을 것이다.

자신이 총에 맞아 죽어 가는 상황 속에서는 더욱 그렇다. 자신에게 가족들을 지킬 힘이 없으니 모두가 이 자리에서 살해될 게다.

비밀번호를 알려 줘도 모두 죽는다.

그걸 알기에 김지원은 처가 살아서 받는 고통을 지켜보기만 했다.

백만수가 복잡한 표정으로 핏물 속에 잠겨 있는 살덩어리를 내려다보았다.

아무리 생각해도 이건 미친 짓이다.

김지원은 이미 정신이 들락날락하고 있었다. 아직 숨은 끊어지지 않았지만 제대로 된 숫자를 말하기 어려워 보였다.

그러나 최지용의 주문은 끝이 없었다.

"딸년도 처리해! 어떤 새끼가 더 독한지 끝을 보자고! 한동수, 넌 뒤로 빠져!"

이윽고 최지용이 김지원의 귓가에 대고 소리쳤다.

"김지원! 이 개새끼야! 잘 들어! 너 아직 정신 멀쩡한 거 다 안다! 딸년이 해체돼도 입을 다물고 있으면 네놈이 이긴 거다. 그때는 단칼에 죽여 주마."

제10화

절망과 희망의 아이콘

백만수는 칼을 고쳐 잡고, 조금 전까지 한동수가 잡고 있던, 김지원의 딸에게 다가갔다.

어린아이는 제 엄마의 처참한 죽음을 목격하고 멍한 표정이다.

백만수는 여자애가 미쳤을 거라고 생각했다. 누구라도 눈앞에서 그런 일이 벌어지면 미치고 말 것이다. 미친년의 살점을 먹어야 한다는 게 내키지 않았지만, 최지용의 지시를 거역할 수는 없었다.

반항도 하지 않는 여자애의 옷을 하나씩 벗겨 냈다.

하얀 피부의 아이가 생기를 잃은 눈빛으로, 제 엄마의 피로 붉게 물든 눈 위에 오도카니 섰다.

그 기괴한 광경에 백만수는 일순 멈칫거렸다.

그러나 일은 일일 뿐.

백만수의 단검이 아이의 쇄골 위를 천천히 가르고 지나갔다.

아이의 하얀 상체로 검붉은 피가 주르륵 흘러넘쳤다.

순간 김지원의 눈에서 피눈물이 흘러내렸다.

"……그만, 그만해…… 번호를 말해 주마…… 고통 없이 죽여라……."

"만수야! 그만하라신다!"

백만수는 미련이 남는지 혀끝으로 단검을 핥았다.

최지용이 김지원의 귓가에 속삭였다.

"번호가 뭐야?"

"그전에…… 먼저…… 아이를 죽여 줘…… 고통 없이……."

"오케이. 그 정도 부탁은 일도 아니지. 가만?"

최지용이 고개를 갸웃거렸다.

만약 아이를 죽이고 났을 때 김지원이 오리발을 내밀면? 그때는 자신만 병신이 되는 거다.

'어떻게 한다?'

최지용이 머리를 굴리고 있을 때다.

초점이 없던 제니의 눈동자가 한쪽으로 이동했다.

가까이서 아이를 지켜보고 있던 백만수가 저도 모르게 아이의 시선을 따라갔다.

"헉! 뭐야? 씨발! 구경꾼들이 있네?"

백만수는 재빨리 단검을 허리춤에 꽂고, 다시 엽총을 들어 올렸다. 뒤늦게 구경꾼을 발견한 한동수가 소총으로 겨누며 소리쳤다.

"거기! 뭐 하는 새끼들이야!"

잠시 후 나무 뒤에서 두 명의 백인 남녀가 걸어 나왔다.

남자가 먼저 어눌한 한국어로 말했다.

"안녕하세요? 나는…… 카스트로입니다."

"소피아."

곧이어 카스트로가 만족스러운 표정으로 장내를 둘러보았다.

"정말 마음에 드는 나라야! 바다건 산이건 온통 생기로 가득해! 이렇게 아름다운 나라는 난생 처음이야!"

카스트로는 다소 과장된 몸짓으로 "원더풀(wonderful)"을 연발했다.

소피아는 작은 소녀에게 관심이 갔다.

하얀 피부의 아이는 인형처럼 보였다. 그런데 가까이서 본 아이의 눈동자는 마치 인형처럼 감정이 없다. 그래서 더욱 기괴하고 충격적이었다.

세상에! 아무 감정이 담겨 있지 않은 순수함이라니!

"뭐야 이 양키 연놈들은?"

"……."

아쉽게도 소피아의 상념은 엽총을 든 남자 때문에 깨졌다.

스륵.

소피아의 신형이 가볍게 흔들리는가 싶더니 어느새 엽총을 든 남자의 뒤에 나타났다.

"어?"

콰득.

놀랄 틈도 없이 백만수의 머리가 한 바퀴 돌아갔다.

최지용과 한동수가 놀라서 움찔하는 순간이다.

어느 틈에 한동수에게 다가간 카스트로의 입가에 끈적한 미소가 피어올랐다.

"감사히 먹겠습니다."

카스트로의 입이 한동수의 목에 붙었다.

깜짝 놀란 한동수는 백인 남자를 밀어내려고 했다. 그러나 그의 힘은 마치 포크레인과 같았다.

압도적인 힘에 눌린 한동수가 애처롭게 버둥거렸다.

"씨벌! 뭐야! 이젠 뱀파이어냐?"

최지용이 권총을 뽑아 백인 남자를 향해 쏘아 댔다.

탕, 탕, 탕.

그러나 탄환은 애꿎게도 한동수의 몸에 박혔다.

목을 물린 채로 피를 빨리던 한동수는 비명도 지르지 못하고 푸들푸들 떨었다.

카스트로가 그런 한동수의 목을 꺾어 내동댕이쳤다.

"씨발! 뭐야! 너희들 뭐냐고!"

최지용은 뒷걸음질 치며 방아쇠를 당겼다.

탕, 탕. 철컥, 철컥, 철컥.

총알이 다 떨어진 모양이다.

빈총을 들고 어쩔 줄 몰라 하는 최지용의 앞에 카스트로가 우뚝 섰다.

"헤이! 좋은 날씨지? 한국에는 어디를 가든 물이 있어서 다행이야. 축복받은 나라라고나 할까? 영어를 못 알아듣는 얼굴이네? 천천히 말하면 알아들으려나?"

"……."

먹이를 가지고 놀던 카스트로가 지루한 듯 가볍게 목운동을 했다.

그때다. 상대가 방심했다고 생각한 최지용이 뒤춤에 차고 있던 단검을 뽑아 그의 목을 찔러 갔다.

그러나 카스트로는 이미 인간의 경지를 벗어난 흡혈귀다.

날 선 단검은 카스트로의 오른손 엄지와 검지 사이에 간단히 잡히고 말았다.

잠시 뭔가를 생각하던 카스트로가 왼손으로 남자의 목을 움켜잡았다.

“미안, 배가 불러서.”

뿌드득.

뼈 부러지는 소리와 함께 최지용의 머리가 뒤로 넘어갔다. 카스트로는 그의 시체를 보며 입맛을 다시다가 바닥에 툭 던졌다.

최지용의 시체가 김지원의 몸 위에 떨어졌다.

아래에 깔린 시체의 얼굴을 확인하던 카스트로가 고개를 갸웃거렸다.

죽은 남자의 얼굴에 미소가 떠올라 있다?

“와우! 정말 신비한 나라야!”

잠시 그의 얼굴을 감상하던 카스트로가 소피아에게 다가갔다.

“소피아, 지금 뭐 하는 거야?”

손목을 베어 소녀에게 자신의 피를 먹이던 소피아가 웃으며 답했다.

“보다시피. 새로운 가족을 만들어 보려고.”

“이런! 회장님이 알면 좋아하지 않을 텐데.”

“어차피 회장님이 시작하신 일이잖아. 나는 그분의 흉내를 내고 있을 뿐이야.”

"뭐, 자기의 일은 자기가 알아서 하자고. 하지만 그렇다고 너무 씨를 많이 뿌리지는 마. 결국 우리의 경쟁자가 될 뿐이니까. 미국에서 충분히 경험한 일이잖아."

"쫄지 마. 카스트로. 지구는 넓고 사람은 많으니까."

피를 마신 소녀가 잠이 들자 소피아가 조심스럽게 그녀를 안아 올렸다.

"쯧쯧!"

카스트로가 소녀를 내려다보며 혀를 찼다.

"이봐, 무슨 의미야?"

"끔찍한 걸 봤잖아. 깨어나도 제정신이 아닐 거라고."

"쓸데없는 걱정 하지 마. 우리는 회장님께 진혈(眞血)의 피를 이어받았어. 모든 상처를 치료하는 피라고. 봐! 벌써 가슴에 있던 상처까지 없어졌잖아."

"오오! 소피아. 내 전공이 심리학이잖아. 육체의 상처와 정신의 상처를 똑같이 생각하지 마. 장담하지. 그녀는 미치광이 마녀가 될 거야."

"아주 악담을 해라. 내가 없는 틈에 이 아이에게 해를 끼치면, 맹세하지, 반드시 죽일 거야. 카스트로."

말을 마친 소피아가 산 아래로 훌쩍 몸을 날렸다.

그녀의 뒷모습을 보고 있던 카스트로가 고개를 저으며 중얼거렸다.

"두고 봐, 소피아. 그 애는 폭탄이 되고 말 거라고."

*　　*　　*

강유진이 만들어 준 불기둥 덕분에 추위를 극복한 사람들에게 고민거리는 먹거리였다.

강남을 떠날 때 이현도와 박세기는 적지 않은 식량을 챙겨 주었다. 그러나 그것은 어디까지나 일곱 명을 위한 것이다.

동행하는 숫자가 오십을 넘어가니 한 달 치의 식량도 금방 바닥을 드러냈다.

"형님, 식량이 없습니다. 이대로라면 며칠 버티지 못할 겁니다."

안상혁이 아침부터 강유진을 달달 볶았다. 그렇다고 강유진에게 달리 뾰족한 수가 있는 것도 아니다. 말하는 안상혁이나 미안한 듯 머리를 긁적이는 강유진이나 그런 사실을 잘 알고 있었다.

"광주시에 군수창고가 있다고 했지?"

"거긴 이미 누군가 털어 갔다고 기록되어 있습니다."

"곤지암 쪽에 있는 게 털렸다는 거지?"

"예. 안영민이 확인한 것으로 나옵니다."

"일단 경기도에는 농사를 짓는 시골이 많으니까, 마을을 찾아보자고."

"형님, 시골 마을의 텃세 장난 아닙니다."

"네가 걱정할 정도로 심각해?"

"허락 없이 마을에 진입을 시도하다가는 총 맞아 죽기 십상입니다."

"그럼, 진짜 심각하다는 소린데. 우리가 앞장서야겠네. 그쪽에서 먼저 총 좀 쏴 줬으면 좋겠다."

"설마 낚으시게요?"

"어허! 낚다니? 원래 인간은 자신이 행한 대로 보응을 받게 되어 있는 법이라고. 착한 일을 하면 하늘이 돕고, 나쁜 일을 하면 하늘이 벌을 내리지. 명심보감에도 나오는 말이야."

"결국 먼저 건드리면 등쳐먹겠다는 소리 아닙니까?"

"그래, 불만이냐? 예(禮)에는 예, 법(法)에는 법, 힘에는 힘, 그게 내 신조다."

곁에서 듣고 있던 최명석이 슬쩍 끼어들었다.

"와아! 진짜 원시적인 신조네요. '눈에는 눈, 이에는 이'라는 말과 같은 소리죠?"

"헐, 자식. 순식간에 나를 무식한 사람으로 만드네."

"어? 아닙니다. 형님! 오해하지 마십쇼. 저는 형님의 그 신조를 전폭적으로 지지하고 있는 사람 중에 하나입니다. 저 아시잖아요? 속에 없는 소리 안 합니다."

"그래? 그런 의미에서 네가 앞장서라."

"제가요?"

"그래, 요령껏 마을 사람들과 대화를 해 보라고. 상혁이는 그런 면에서는 고지식하잖아."

"하하, 형님! 드디어 저를 인정해 주시는 겁니까? 그런데 기분이 약간 묘하네요. 그런 면이란 어떤 것을 말하는 걸까요?"

김미연이 당연하다는 듯 답했다.

"약간 얍삽한 면을 말하는 거죠. 상혁 씨가 그런 건 약하잖아요."

"헉? 얍삽이라고요? 제가요? 오해이십니다!"

"명석아, 좀 조용히 가자."

그렇게 떠들썩한 가운데 강유진 일행은 도시를 벗어났다.

춥고 식량이 부족한 것은 여전했지만 편안한 잠자리 덕분인지 사람들의 표정은 밝았다.

안상혁이 지도를 펴고 가급적 도로를 찾아 움직였다.

어린아이와 노약자들이 섞여 있어서 마구잡이로 눈길을 헤치고 다닐 수가 없어서다.

왠지 길이 끊긴 것 같다거나, 위험한 지형이다 싶으면 강유진이 벤투스를 불러내 바람으로 눈을 걷어 냈다. 그런 식으로 안전한 길로 이동하다 보니 시간에 비해 이동 거리는 짧았다.

그러다 해거름 무렵, 운 좋게도 최명석이 연기가 모락모락 솟아오르는 것을 발견했다. 누가 봐도 밥 짓는 연기였다.

강유진과 최명석이 선두로 나섰다.

그 뒤로 다시 한 시간을 더 걸어서야 강유진과 최명석은 일단의 사람들과 만날 수 있었다.

그들은 강남을 떠난 뒤로 처음으로 만난, 일반인들이었다.

사십 대 중년인이 한쪽에 세워 둔 표지판을 가리켜 보였다.

[본 마을은 외부인의 출입을 금함. 타지인과 상여는 본 마을을 통과할 수 없습니다. 돌아가시오.]

십여 명의 마을 사람들이 나와 섰는데 하나같이 흉흉한 인상들이다.

얼굴만 봐서는 농사짓는 마을인지 강도단의 거점인지 구별이 안 갈 정도다.

최명석이 헛기침을 하며 한 걸음 나섰다.

"안녕하십니까? 저희들은 서울의……."

"아저씨, 그냥 돌아가요."

삼십 대 남자가 낫을 들고 허공에 휘휘 저어 보였다.

"헐, 지금 낫으로 위협하는 겁니까?"

"위협? 저 아저씨가 장난 까시나. 위협은 이런 걸로 하는 게 아니지. 달수 형님, 저 사람이 우리더러 위협한다는데요?"

"뭐여? 어떤 씨버럴 위인이 그런 헛소리를 해?"

걸쭉한 욕설과 함께 뒷줄에서 오십 대 초반의 남자가 걸어 나왔다.

위풍당당하게 등장한 남자의 손에 들린 것은 무려 AK 시리즈의 소총이다.

최명석은 '저 시골 남자가 어떤 경로로 저 흉악한 소총을 구했을까?' 하는 생각이 들었다.

"당신들 뭐야? 뭐 하자는 수작이야? 떼강도야?"

남자가 거들먹거리며 AK47 소총을 어깨에 견착(肩着)했다.

조준까지는 아니더라도 총구를 들이댔으니 진짜 위협이 시작된 셈이다.

안상혁은 만일을 대비해 사람들과 함께 뒤쪽에 남았다.

강유진 일행 중에 총기를 소유한 사람은 안상혁과 최명석, 그리고 전직 국정원 출신의 여자들뿐이다.

그에 비해 울타리 너머의 마을 사람들은 AK47 한 정과 세 정의 엽총을 보유하고 있었다. 객관적으로 볼 때 마을의 화력이 우세했다.

그래서 그런지 마을사람들의 얼굴에 긴장감은 엿보이지 않았다.

최명석이 다시 말문을 열었다.

"여러분, 진정하십시오. 우리는 보시다시피 강도와는 거리가 먼 사람들입니다. 정착할 곳을 찾아서 서울에서 떠나온 사람들입니다. 하루 묵어가게 해 주시면 감사하겠습니다."

마을 사람들 중 수염이 허연 노인이 물었다.

"먹을 건 있는가?"

"조금 있습니다."

"그런가, 그럼 그냥 돌아가. 먹을 것도 가지고 있다면서, 남의 마을에는 왜 들어오려고 그러나?"

"영감님, 도시를 버리고 떠나온 사람들입니다. 시골 인심 좀 보여 주시면 안 되겠습니까? 보시다시피 어린아이와 여자들이 많습니다."

여자가 많다는 말에 마을 사람들의 눈에서 빛이 났다.

AK47을 들고 있던 남자가 불쑥 끼어들었다.

"여자가 몇인데?"

"아이들까지 합치면 이십 명이 넘습니다."

“남자들은 안 되고 여자들만 보내쇼. 여자들은 재워 주리다.”

“아저씨, 다 가족들인데 지금 이산가족 만들라는 겁니까?”

최명석이 인상을 찌푸렸다.

가만히 말을 나누다 보니 이 사람들이 시골 사람인지, 약탈자들인지 구별이 가질 않는다.

“아님 말고. 여자라도 재우려면 보내고. 그게 싫으면 돌아가쇼.”

그때다. 낫을 들고 설치던 사내가 AK47의 귓가에 뭐라고 속삭였다.

AK47이 음흉한 눈으로 뒤쪽에 모여 있는 사람들을 훑어보았다.

성인 남자는 열댓 명에 불과하고 나머지는 여자와 아이들, 그리고 몇 명의 노인이 전부다. 황당하게 무기는 아예 보이지도 않는다.

비무장으로 여기까지 왔다고 생각하니 갑자기 여자에 대한 욕심이 생긴다. 그렇지 않아도 마을에 여자가 부족하던 참이다.

그러는 동안 낫을 든 사내가 마을 사람들 사이를 돌아다니며 뭐라고 소곤거렸다. 무슨 말을 나누는지 사람들의 얼굴이 들뜨는 게 보일 정도다.

최명석이 강유진에게 쓴웃음을 지어 보였다.

"형님, 아무래도 저 사람들 우리 쪽 여자들을 노리는 것 같습니다."

"그래? 정말 고마운 사람들이로군. 끝까지 잘 대해 드려."

"예."

강유진과 최명석의 대화가 끝날 무렵, 마침 마을 사람들의 긴급 회의도 끝이 났다.

AK47이 대놓고 최명석에게 총을 겨누었다.

"이봐, 우리의 제안을 잘 들어 봐. 당신들에게 사흘 치 식량을 주겠어. 그 정도면 서울로 돌아가든, 다른 지방으로 가든 문제없을 거야."

"예?"

최명석은 내심 기대했던 것과 다른 말에 실망한 얼굴이다. 그러나 계속해서 이어지는 사내의 말에 다시 얼굴이 밝아졌다.

"대신 여자들은 여기에 남기고 가야 해. 알겠어? 만약에 우리 제안을 거절하면……."

둘의 대화를 지켜보고 있던 강유진이 AK47의 앞으로 성큼성큼 걸어 나갔다.

"아저씨, 거절하면 어쩔 생각입니까?"

"아무도 마을에 못 들어오는 거지. 돌아가!"

나름대로 마음의 준비를 하고 있던 강유진의 입에서 실소가 흘러나왔다.

완고하고 고집불통이긴 해도 아직 사람을 죽일 정도로 타락하지는 않은 것 같다.

"명석아, 돌아가자."

강유진은 미련 없이 돌아섰다.

이기적이지만 그래도 저 사람들의 인간성은 바닥까지 떨어지지 않았다. 그런 사람들에게서 식량을 빼앗는 것도 못 할 짓이었다.

* * *

안상혁은 돌아가기로 한 강유진의 결정을 환영했다. 임지연을 비롯한 다른 여자들도 대체로 안상혁의 의견에 동의했다.

결국 무리들은 왔던 길을 되돌아갔다.

그리고 길가에서 발견한 큰 폐가를 야영지로 결정했다.

그날 밤, 최명석은 안상혁을 따로 불러냈다.

안상혁이 지나치다 싶을 만큼 높은 도덕적인 기준을 무리에게 강요하고 있다는 생각에서다.

"상혁이 형, 우리가 무슨 보이 스카우트 캠프 나온 것도 아닌데…… 너무 팍팍한 거 아니에요?"

안상혁은 최명석보다 네 살이나 나이가 많다. 그래서 최명석은 강남에서부터 그를 형이라고 불렀다.

그건 유들유들한 최명석이니까 가능한 호칭이었다. 박세기는 함께 지내는 동안 안상혁을 본체만체했다. 안상혁이 혁명군의 중좌였던 까닭이다.

"무슨 소리를 하고 싶은 거냐?"

"내가 생각할 때 형이 지나치다 싶을 만큼 높은 도덕적인 기준을 우리에게 강요하고 있는 것 같아서…… 지금이야 당장 급한 게 아니라서 그런다 치지만, 형도 생각해 봐요. 지금은 농사를 지을 수 있는 환경이 아니잖아요. 누군가에게 먹을 것을 빼앗지 않으면 우리는 도태되고 말 거라고요."

"알아."

"알면서 왜 그러세요?"

"유진이 형을 위해서 그러는 거야."

"에? 그건 또 무슨 소리예요?"

"이 세상에서 유진이 형을 막을 만한 존재는 없어. 어떤 면에서 보면 유진이 형은 이 시대의 신(神)과 같아. 만약 유진이 형의 도덕성이 평범한 인간보다 아래로 내려간다면, 그거야말로 인류에게 재앙이야. 그래서 조금 더 엄격하게 적용하고 있는 것뿐이라고. 나라고 뭐 공기와 물만 먹고도 살 수 있는 존재인 줄 아냐? 나도 항상 배고파. 눈에 보이는 것들을 빼앗아 입에 넣고 싶다고."

"……."

최명석은 반박하지 못했다.

미국에서의 경험을 잠시 잊고 있었다. 안상혁은 과거 자신이 그랬던 것처럼, 유진 형을 좋아하면서도 두려워하고 있는 것 같았다.

"형도 배가 고프다니까 더 이상 말하지는 않을게요. 나는 형이 물만 먹고도 배부른 사람처럼 행동해서 로봇인 줄 알았지."

"됐고, 주변이나 잘 살펴봐라."

"왜요?"

"외부와 교역조차 하지 않는 마을에 AK소총도 그렇지만 엽총이 너무 많아. 촌 동네 하나에 엽총을 소지한 사냥꾼이 넷이나 있었을 것 같냐?"

"그럼?"

"교역을 한 게 아니라면, 죽이고 빼앗은 거겠지. 네가 볼 때 그 사람들 물물교환을 잘하게 생겼냐?"

최명석이 AK47의 얼굴을 떠올렸다.

그리고 낫을 든 남자와 꼬장꼬장하던 노인도.

누구 하나 장사를 할 얼굴이 아니다.

"아닌 것 같은데……."

"그 마을에 남자가 유독 많아 보이더라. 거기에 비해 우리는 여자가 많지. 교환이 아니면 뭐가 남겠냐?"

"빼앗으려고 하겠죠?"

"귀를 열고 자라."

"에이, 어떻게 귀를 열고 자요?"

"노력하면 가능해진다."

그 말을 끝으로 안상혁은 마당으로 들어갔다.

마당 한가운데에 불기둥이 솟아 있어 담장 안쪽으로는 훈훈했다.

안상혁은 여자와 아이들의 위치를 다시 한 번 확인하고는 눈을 붙였다.

빼그덕.

최명석은 잠결에 녹슨 철판으로 된 대문이 열리는 소리를 들었다.

'만사가 귀찮다'는 생각으로 몸을 뒤집는데, 갑자기 "귀를 열고 자라"던 안상혁의 말이 떠올랐다.

순간 정신이 번쩍 들었다.

외부에서 누군가 안으로 침입한 것이다.

AK47의 느끼한 얼굴과 낫을 휘두르던 날카롭게 생긴 남자의 얼굴이 퍼뜩 떠올랐다. 그러자 한순간 잠이 확 달아났다.

부스럭거리며 일어나는 최명석의 몸을 누군가 가만히 눌렀다.

놀란 최명석이 바라보니 안상혁이다.

“쉿.”

안상혁의 손이 한쪽을 가리켰다.

언제 일어났는지 툇마루에 강유진까지 앉아 있다.

강유진은 담담한 시선으로 불기둥 주변에서 잠자고 있는 사람들을 둘러보고 있었다.

‘왜요?’

최명석이 입모양으로 안상혁에게 물었다.

안상혁이 최명석의 귓가에 속삭였다.

“보기 좋잖아. 인간에 대한 애정을 잃지 않으셨다고.”

“쳇, 그게 뭐라고.”

최명석이 가볍게 툴툴거렸다.

자신도 인간을 사랑한다.

인간이 인간을 사랑하는 게 당연한 거 아닌가?

하지만 안상혁은 그렇게 생각하지 않는 눈치다. 마치 ‘유진 형이 인간에게 염증을 느꼈을지도 모른다’ 고 걱정하는 사람처럼 보였다.

대문이 스르륵 열리는가 싶더니 십여 명의 남자들이 안으로 들어왔다. 대문으로 밀려든 차가운 바람이 마당을 한 차례 휩쓸고 지나갔다.

강유진이 남자들에게 검지손가락을 입술에 대고 '쉿!' 이라는 신호를 보냈다.

손에 각종 무기를 말아 쥔 남자들이 다소 황당한 표정으로 강유진을 바라보았다.

강유진이 조용히 남자들에게 따라오라는 손짓을 보냈다. 남자들은 강유진의 돌발적인 행동에 군말 없이 그를 따라 대문 밖으로 나갔다. 밖에서 망을 보고 있던 다섯 명의 남자와 강유진의 눈이 마주쳤다.

강유진의 눈이 남자들을 훑고 지나갔다.

퍼퍼퍼퍼펑.

연타로 가죽 북을 치는 소리와 함께 남자들의 몸이 10여 미터씩 날아가 눈 속에 처박혔다.

가장 먼저 나온 AK47을 든 남자가 홀로 서 있는 강유진을 발견하고는 재빨리 방아쇠를 당겼다. 망보던 사람들이 모두 당했다는 생각에 선공을 날린 것이다.

타타탕—

펑.

큰 충격에 사내가 AK47을 손에서 놓쳤는지. 몸과 총이 각기 다른 방향으로 날아갔다.

꽝, 꽝.

뒤늦게 합류한 엽총이 불을 뿜었다.

그러나 그들의 몸도 공중을 훨훨 날아 눈 속에 처박혔다.

"으아악!"

"귀! 귀신이다!"

각각 손에 낫과 부엌칼을 들고 있던 남자들 넷이 비명을 지르며 어둠 속으로 달아났다.

강유진은 애써 그들을 쫓지 않았다.

날이 밝으면 어차피 그들의 마을을 방문할 생각이었다.

끼이익.

강유진이 철문을 열고 마당으로 들어갔다.

총소리에 놀라서 깬 사람들이 강유진과 대문 뒤쪽을 연신 바라보았다.

강유진이 사람들에게 손을 흔들어 보인 후 자리에 누웠다.

최명석이 하품을 길게 하며 중얼거렸다.

"하암! 큰 형님에게는 운동거리도 안 된다니까요."

"나는 걱정된다."

"예? 뭐가요?"

"큰형님은 몸이 하나다. 형님의 가족들에게 무슨 일이 생기면,

어떻게 될 것 같냐?"

"걱정도 팔자십니다. 그래서 우리가 곁에 있지 않습니까?"

"우리? 어떤 우리? 명석아, 착각하지 마. 우리는 평범한 사람들이야. 도적 셋만 만나도 벅차다고."

"아, 형님, 불안하게 왜 그런 소리를 하세요? 긴장 좀 푸세요. 릴렉스(relax)~하자고요. 우리는 대천사 가브리엘과 그들 돕는 모세와…… 또 솔로몬? 뭐, 그런 존재들이잖아요."

"설마, 네가 솔로몬이라는 소리는 아니겠지?"

"형님, 섭섭하게 왜 또 그러세요? 그럼 형님이 솔로몬 하실래요? 저는 모세도 괜찮아요."

"미안한데 나는 절에 다녔다."

"헙! 그런데 왜 사람들이 형님을 모세라고 불러요?"

"가수 모세라는 얘기 아니었냐?"

"에?"

"나는 그렇게 알아들었는데. 하루가 가는 소릴 들어~ 너 없는 세상 속에~ 달이 저물고 해가 뜨는 서러움~."

갑자기 안상혁이 가수 모세의 '사랑인걸'을 부르기 시작했다.

"그런데 형님, 제가 생각할 때 그 모세가 아닌데요?"

"상관없잖아. 너는 정말 형님이 정말 대천사 가브리엘이고 내가 모세라고 생각했냐? 그건 아니잖아? 너도 솔로몬이 될 수 없다는 것 정도는 알고 있을 텐데?"

"그래도 희망의 아이콘은 돼 줄 수 있잖아요."

안상혁이 감탄의 눈으로 최명석을 바라보았다.

"너, 내가 생각했던 것보다 더 대단한 사람이었구나! 정말 훌륭하다."

"에이, 뭘 그 정도를 가지고……."

"그러고 보니 너는 진짜 솔로몬 같다. 얍삽한 듯 보이지만 깊은 지혜가 있어."

"형님, 그 얍삽이라는 말은 좀 빼자고요."

"그래, 얍삽 취소. 너 현자 해라."

"현자는 왠지 다방 아가씨 같고…… 솔로몬이라고 해 주세요."

"아, 진짜 깬다. 그만 자자."

안상혁이 자신의 잠자리로 돌아갔다.

함께 떠들던 안상혁이 사라지자 최명석도 이내 잠 속으로 빠져들었다.

활활 타오르는 거대한 불기둥이 홀로 빛을 발했다.

〈다음 권에 계속〉